세 마리 토끼 잡는 독서 논술

B4

초2~초3

저자: 지에밥 창작연구소_

'지에밥'은 '찐 밥'이라는 뜻을 가진 순우리말로, 감주 · 막걸리 · 인절미 등 각종 음식의 재료를 뜻합니다.
'지에밥 창작연구소'는 차지고 윤기 나는 밥을 짓는 어머니의 정성처럼 좋은 내용으로 세상 모든 사람들에게
넉넉하게 쓰일 수 있는 지혜를 선물하고 싶습니다.

이 책을 쓴 지에밥 연구원들_

강영주(지에밥 창작연구소 소장, 빨간펜 논술, 기탄 국어 등 기획 개발), 김경선(동화작가 및 기획 편집자),
김혜란(동화작가, 아동문학가협회 회원), 왕입분(동화작가 및 기획 편집자), 우현옥(동화작가), 이현정(동화작가),
이혜수(기획 편집자), 이현정(동화작가 및 기획 편집자), 정성란(동화작가), 조은정(동화작가 및 기획 편집자),
최성옥(기획 편집자), 한현주(동화작가), 한화주(동화작가), 홍기운(동화작가 및 기획 편집자)

이 책을 감수한 선생님들_

권영민(서울대학교 국어국문학과 교수), 홍준의(서원대학교 과학교육과 교수),
김병구(숙명여자대학교 의사소통센터 교수), 문영진(전북대학교 국어교육과 교수), 조현일(원광대학교 국어교육과 교수),
김건우(대전대학교 국어국문학과 교수), 유호종(서울대학교 철학박사), 구자송(상암고등학교 국어 교사),
김영근(서울과학고등학교 국어 교사), 최영환(여의도고등학교 국어 교사), 구자관(한성과학고등학교 국어 교사),
윤성원(한성과학고등학교 국어 교사), 장원영(세화고등학교 역사 교사), 박영희(대왕중학교 과학 교사),
심선희(서울고등학교 과학 교사), 한문정(숙명여자고등학교 과학 교사)

세 마리 토끼잡는 독서논술 B4권

펴낸날 2024년 5월 15일 개정판 제8쇄
지은이 지에밥 창작연구소 | **연구원** 이자원, 박수희 | **펴낸이** 주민홍 | **펴낸곳** ㈜NE능률 | **디자인** framewalk | **삽화** 김석류(표지, 캐릭터) | **영업** 한기영,
이경구, 정철교, 김중희, 김남준, 이우현, 정민욱 | **마케팅** 박혜선, 남경진, 허유나, 이지원, 김여진 | **주소** 서울특별시 마포구 월드컵북로 396(상암동)
누리꿈스퀘어 비즈니스타워 10층(우편번호 03925) | **전화** (02)2014-7114 | **팩스** (02)3142-0356 | **홈페이지** www.nebooks.co.kr | **출판등록** 제1-68호
ISBN 979-11-253-3085-1 | 979-11-253-3112-4 (set)

펴낸날 2012년 3월 1일 1판 1쇄
기획 개발 지에밥 창작연구소 | **디자인 기획 진행** 고정선 | **디자인** 유정아, 박지인, 이가영, 김지희 | **삽화** 오유선, 안준석, 정현정, 윤은하, 김민석, 윤찬진, 정효빈,
김승민

제조년월 2024년 5월 **제조사명** ㈜NE능률 **제조국** 대한민국 **사용 연령** 9~10세

〈세 마리 토끼 잡는 독서 논술〉을 펴내며

하루하루 성장하는
내 아이의 모습을 확인하길 바라며

프랑스의 유명한 정신 분석학자이자 철학자인 라캉은 인간이 성장한다는 것은 '상징계'에 편입되는 것이라고 말했습니다. 그가 말한 상징계란 '언어를 매개로 소통하는 체계'를 의미하는데, 우리가 살아가는 세상 혹은 사회가 바로 그것입니다. 결국 한 아이가 태어나서 정신적으로 성장하는 아동기에서 가장 중요한 것은 언어로 소통하는 능력을 키우는 일입니다. 〈세 마리 토끼 잡는 독서 논술〉은 이와 같은 점에 주목하여 기획하고 구성하였습니다.

첫째, 문자 언어를 비롯하여 그림, 도표 등 다양한 상징체계를 이해하는 과정을 통해 통합적인 언어 이해력을 키울 수 있도록 하였습니다.

둘째, 텍스트 이해력뿐만 아니라 추론 능력, 구성(표현) 능력, 비판적 사고 능력 등을 통합적으로 길러서 여러 가지 문제를 해결하는 데 실질적으로 도움이 될 수 있도록 하였습니다.

셋째, 초등 교육과정의 핵심 내용과 밀접하게 연계되도록 설계하였습니다.

부모님보다 더 훌륭한 스승은 없습니다. 〈세 마리 토끼 잡는 독서 논술〉은 부모님 이외의 다른 어떤 선생님도 필요 없습니다. 이 학습 프로그램을 통해서 하루하루 성장하는 내 아이의 모습을 확인하는 기쁨을 누리시길 바랍니다.

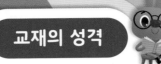

세 마리 토끼 잡는 독서 논술 이란?

어떤 책인가요?

하나의 주제와 관련된 다양한 글(동화, 시, 수필, 만화, 논설문, 설명문, 전기문 등)을 읽고 통합 교과적인 문제를 풀면서 감각적 언어 능력(작품의 이해와 감상)과 논리적 이해 능력(비문학의 구조, 추론, 적용 등), 국어 지식(어휘, 문법 등), 사회와 과학 내용 등을 통합적으로 익히는 독서 논술 프로그램 학습지입니다.

몇 단계, 몇 권인가요?

〈세 마리 토끼 잡는 독서 논술〉은 다음과 같이 총 5단계, 25권입니다.

단계	P단계	A단계	B단계	C단계	D단계
대상 학년	유아~초등 1년	초등 1년~2년	초등 2년~3년	초등 3년~4년	초등 5년~6년
권 수	5권	5권	5권	5권	5권

세 마리 토끼란?

'독서', '사고', '통합 교과'의 세 가지 영역을 말합니다. 즉, 한 권의 독서 논술 책으로 다양한 장르의 글을 읽을 수 있고, 논술 문제를 풀면서 사고력을 기를 수 있으며, 초등학교 주요 교과 내용과 연계된 문제를 풀면서 통합 교과 학습을 할 수 있습니다.

하루에 세 장씩 꾸준히 학습하면 세 마리 토끼를 잡을 수 있어요.

독서
* 각 단계에 맞게 초등학교의 주요 교과 내용을 주제로 정함.
* 각 권의 주제와 관련된 글을 언어, 사회, 과학 등으로 나누어 읽을 수 있음.

사고
* 언어, 사회, 과학 등과 관련된 다양한 장르의 글을 읽고 논술 문제를 풀면서 생각하는 능력과 생각하는 폭을 확장할 수 있음.

통합 교과
* 다양한 장르의 글을 읽고 초등학교 국어, 사회, 과학 등의 학습 내용과 관련된 문제를 풀면서 통합 교과 학습을 할 수 있음.

하루에 세 장씩 학습하면 한 권을 한 달에 끝낼 수 있어요.

세마리 토끼잡는 독서논술 이런 점이 다릅니다

초등학교 교과 내용과 긴밀하게 연결되어 있습니다.

각 단계의 권별 내용과 문제는 그 단계에 맞는 학년의 주요 교과 내용과 긴밀하게 연결되어 교과 학습에 도움을 줍니다.

하나의 주제를 통합 교과적으로 접근합니다.

각 권마다 하나의 주제가 있고, 그 주제를 언어, 사회, 과학과 연결시켜서 사고를 확장할 수 있게 하였습니다. 그리고 여러 교과와 연계된 문제를 풀면서 통합 교과적인 사고를 할 수 있습니다.

다양한 서술·논술형 문제를 풀 수 있습니다.

매 페이지마다 통합 교과 논술 문제를 제시하여 생각하는 힘과 표현력을 키울 수 있는 것은 물론 학교 시험에서 강화되고 있는 서술·논술형 문제에 대비할 수 있습니다.

다양한 장르의 글을 접할 수 있습니다.

각 주제와 관련된 명작 동화, 창작 동화, 전래 동화, 설화, 설명문, 논설문, 수필, 시, 만화, 전기문 등 다양한 장르의 글을 읽으면서 각 장르의 특성을 체험하며 독서하는 습관을 기를 수 있습니다. 특히 현재 왕성하게 활동하고 있는 여러 동화 작가의 뛰어난 창작 동화가 20여 편 수록되어 있습니다.

수준 높은 그림을 많이 제시하여 흥미롭게 학습할 수 있습니다.

어린이들은 글과 그림이 조화를 이룬 책으로 공부할 때 학습 효과를 높일 수 있습니다. 또한 좋은 그림은 어린이들의 정서 발달에 도움을 줍니다. 이런 점을 생각하여 한 페이지를 넘길 때마다 수준 높은 그림을 제시하여 어린이들이 흥미롭게 학습할 수 있도록 하였습니다.

교재의 구성

세 마리 **토**끼잡는 **독**서논술은 이렇게 구성되었습니다

독서 전 활동 　생각 열기

★ 한 주의 학습을 시작하기 전에 주제와 관련된 사진이나 그림을 보고, 앞으로 학습할 내용에 대해 흥미를 가질 수 있도록 하였습니다.

★ '생각 톡톡'의 문제를 풀면서 주제에 대한 자신의 경험이나 평소 생각을 돌이켜 보며 앞으로 학습할 내용을 짐작할 수 있도록 하였습니다.

★ 통합 교과 활동과 이어질 교과서의 연계 교과를 보며 교과 내용을 참고할 수 있도록 하였습니다.

독서 중 활동 　깊고 넓게 생각하기

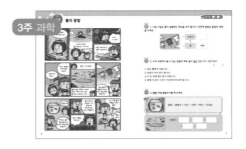

★ 한 권에 하나의 주제가 있고, 그 주제를 언어, 사회, 과학으로 나누어서 다양한 장르의 글을 읽으며 통합 교과 문제와 논술 문제를 풀 수 있도록 구성하였습니다.

★ 1주는 언어, 2주는 사회, 3주는 과학과 관련된 제재로 구성하였고, 4주는 초등 교과에서 다루고 있는 여러 가지 장르별 글쓰기(일기, 동시, 관찰 기록문, 기행문, 독서 감상문, 기사문, 논설문, 설명문, 희곡 등)와 명화 감상, 체험 학습 등의 통합 교과 활동으로 구성하였습니다.

독서 후 활동 · 생각 정리하기

되돌아봐요

★ 앞에서 읽은 글을 돌이켜 보면서 이야기의 흐름과 중심 생각을 파악하고, 더 나아가 자신의 생각을 발전시키는 문제를 풀 수 있도록 하였습니다. 이를 통해 한 주 동안 읽고 생각한 내용을 머릿속에서 차근차근 정리할 수 있습니다.

내가 할래요

★ 주제와 관련된 여러 가지 활동을 하며 한 주의 학습을 마무리할 수 있도록 하였습니다. 종이접기, 편지 쓰기, 그림 그리기 등 재미있는 활동을 하며 창의력과 상상력을 키울 수 있습니다.

★ 한 주의 학습이 끝난 다음 체크 리스트를 통해 학습한 주요 내용을 잘 이해하고 적용할 수 있는지 평가할 수 있습니다.

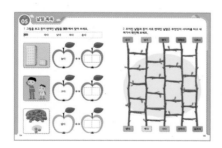

낱말 쏙쏙 (유아 P단계)

★ 한 주 동안 글을 읽으며 새로이 배운 낱말들을 그림과 더불어 살펴보고 익힐 수 있습니다.

궁금해요 (초등 A~D단계)

★ 한 주 동안 읽은 글이나 주제와 관련된 배경지식을 제공하여 앞에서 학습한 내용을 좀 더 깊이 이해할 수 있습니다.

세 마리 토끼잡는 독서논술의 커리큘럼

단계	권	주제	제재			
			언어(1주)	사회(2주)	과학(3주)	통합 활동 장르별 글쓰기(4주)
P (유아 ~초1)	1	나의 몸 살피기	뾰족성의 거울 왕비	주먹이	구슬아, 어디로 가니?	몸 튼튼, 마음 튼튼
	2	예절 지키기	여우와 두루미	고양이가 달라졌어요	비비네 집으로 놀러 와!	안녕하세요?
	3	친구와 사귀기	하얀 토끼, 까만 토끼	오성과 한음	내 친구를 자랑합니다!	거꾸로 도깨비 나라
	4	상상의 즐거움	헤라클레스의 모험	용용 죽겠지?	나는야 좋은 바이러스	상상이 날개를 달았어요
	5	정리와 준비의 필요성	지우개야, 고마워!	소가 된 게으름뱅이	개미 때문에, 안 돼~!	색깔아, 모양아! 여기 모여라!
A (초1 ~초2)	1	스스로 하기	내가 해 볼래요!	탈무드로 알아보는 스스로 하는 힘	우리도 스스로 잘 살아요	일기를 써 봐요
	2	가족의 소중함	파랑새	곰이 된 아빠	동물들의 특별한 아기 기르기	편지를 써 봐요
	3	놀이의 즐거움	꼬부랑 할머니와 흰 눈썹 호랑이	한 번도 못 해 본 놀이	동물 친구들도 노는 게 좋대요	머리가 좋아지는 똑똑한 놀이
	4	계절의 멋	하늘 공주가 그린 사계절	눈의 여왕	나뭇잎을 관찰해요	동시를 써 봐요
	5	자연 보호	세모산 솔이	꿀벌 마야의 모험	파브르 곤충기 (송장벌레)	관찰 기록문을 써 봐요
B (초2 ~초3)	1	학교생활	사랑의 학교	섬마을 학교가 좋아졌어요	우리 반 사고뭉치 기동이	소개하는 글을 써 봐요
	2	호기심 과학	불개 이야기	시턴 "동물기" (위대한 통신 비둘기 아노스)	물을 훔쳐 간 범인을 찾아라!	안내하는 글을 써 봐요
	3	여행의 즐거움	하나의 빨간 모자	15소년 표류기	갯벌 탐사 여행	기행문을 써 봐요
	4	즐거운 책 읽기	행복한 왕자	멸치 대왕의 꿈	물의 여행	독서 감상문을 써 봐요
	5	박물관 나들이	민속 박물관에는 팡이가 산다	재미있는 세계 이야기 박물관	과학관으로 놀러 오세요	광고하는 글을 써 봐요

단계	권	주제	제재			
			언어(1주)	사회(2주)	과학(3주)	통합 활동 장르별 글쓰기(4주)
C (초3 ~초4)	1	교통의 발달	자동차의 왕, 헨리 포드	당나귀를 타려다가……	교통수단, 사람들 사이를 잇다	명화 속 교통수단
	2	날씨와 환경	그리스 로마 신화	북극 소년 피터	생활 속 과학	날씨와 생활
	3	나누며 사는 삶	마더 테레사	민들레 국숫집	지진과 화산	주장하는 글을 써 봐요
	4	지역의 자연환경	울산 바위의 유래	우리 마을이 최고야!	아름다운 우리 고장	우리 마을 지도를 그려 봐요
	5	지역의 문화	준치가 메기 된 날	강릉의 딸, 겨레의 어머니 신사임당	우리나라 풀꽃 이야기	지역 특산물을 소개해 봐요
D (초5 ~초6)	1	우리 역사	삼국유사	옛날 사람들은 어떻게 살았을까?	역사를 바꾼 겨레 과학	지붕 없는 박물관, 경주 역사 유적 지구
	2	문화재	반야산 불상의 전설	난중일기	우리 문화에 숨어 있는 과학	설명하는 글은 어떻게 쓸까요?
	3	경제생활	탈무드로 만나는 경제	나눔을 실천한 기업가 유일한	재미있는 확률 이야기	기사문은 어떻게 쓸까요?
	4	정보화 사회	컴퓨터 천재 빌 게이츠	봉수와 파발	컴퓨터와 인터넷 세상	연설문은 어떻게 쓸까요?
	5	세계와 우주	우주를 여행하는 과학자 스티븐 호킹	80일간의 세계 일주	별과 우주	희곡은 어떻게 쓸까요?

각 학년의 교과와 연계된 주제로 다양한 글을 읽을 수 있어요.

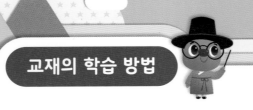

교재의 학습 방법

세 마리 토끼잡는 독서논술 이렇게 공부하세요

자신 있게 학습할 수 있는 단계를 선택하세요.

〈세 마리 토끼 잡는 독서 논술〉은 어린이 개인의 능력에 따라 단계를 선택하여 학습할 수 있는 교재입니다. 학년과 상관없이 자신이 자신 있게 학습할 수 있는 단계부터 선택하는 것이 중요합니다. 너무 어려운 단계나 너무 쉬운 단계를 선택하면 학습에 흥미를 잃을 수 있으므로 주의하세요.

한 주 동안 읽어야 할 독서 자료를 미리 읽으세요.

한 주 동안 읽어야 할 독서 자료를 미리 읽고 전체 내용을 파악한 다음, 매일 3장씩 읽고 문제를 푸는 것이 독서 학습을 하는 데 효과적입니다. 독서에는 흐름이 있습니다. 전체의 흐름을 미리 알고 세부적인 문제를 푸는 것이 사고력 확장에 도움이 됩니다.

매일 3장씩 꾸준히 공부하세요.

'가랑비에 옷이 젖는다.'라는 속담처럼 매일 꾸준히 3장씩 읽고, 생각하고, 표현하다 보면 독서, 사고, 통합 교과적 사고 능력이 성장한다는 것을 느낄 수 있을 것입니다. 그리고 매일 학습을 마친 뒤에는 '1일 학습 끝!' 붙임 딱지를 붙이면서 성취감을 느껴 보세요.

한 주 학습을 마친 후 자기 평가를 해 보세요.

한 주 학습이 끝난 다음에는 체크 리스트를 통해 학습한 내용을 얼마나 이해하고 적용할 수 있는지 스스로 평가해 보세요. 그래서 부족한 부분이 있다면 다시 한번 짚고 넘어가세요.

부모님과 깊이 있는 대화를 나누어 보세요.

한 주 동안 독서 자료를 읽고 문제를 풀면서 생각하고 표현해 보았다면, 그 주제에 대해 부모님과 이야기를 나누어 보세요. 주제에 대해 자신이 새롭게 알게 된 것이나 다르게 생각하게 된 것을 부모님과 이야기하다 보면 생각이 더욱 커진답니다.

한 주 학습표

일	월	화	수	목	금	토

★ 한 주 동안 읽어야 할 독서 자료 미리 읽기

★ 매일 3장씩 학습하기 → '1일 학습 끝!' 붙임 딱지 붙이기 → 한 주 학습이 끝나면 체크 리스트를 보며 평가하기

★ 부족한 부분 되짚기
★ 주요 내용 복습하기

세마리 토끼 잡는 독서논술

B단계 4권

주제	주	제목	교과 연계 내용
즐거운 책 읽기	언어(1주)	행복한 왕자	[국어 2-2] 주변 사람을 자세히 소개하기
			[국어 3-1] 마음을 담아 편지 쓰기
			[국어 3-2] 글을 읽고 느낌 나누기 / 인상 깊은 경험으로 글쓰기
			[과학 3-2] 날아다니는 동물의 특징 알기
	사회(2주)	멸치 대왕의 꿈	[국어 2-1] 인물의 마음 상상하며 읽기
			[국어 3-1] 일이 일어난 까닭 알기 / 글을 읽고 의견 파악하기 / 글을 읽고 내용 간추리기
	과학(3주)	물의 여행	[국어 3-1] 마음을 담아 편지 쓰기 / 글을 읽고 의견 파악하기 / 글을 읽고 내용 간추리기
			[국어 3-2] 차례대로 내용 간추리기
			[과학 3-2] 바닷가 주변의 모습 알기 / 물이 지표를 변화시키는 과정 알기
			[과학 4-2] 물의 상태 변화를 정리하기 / 물의 이용과 물 부족 현상 해결할 수 있는 방법 알기 / 물의 순환 과정 이해하기
			[통합교과 봄1] 생명의 소중함 알기
	장르별 글쓰기 (4주)	독서 감상문을 써 봐요	[국어 3-1] 이야기를 읽고 느낀 감동 전하기
			[국어 3-2] 작품을 읽고 느낌 나누기
			[국어 4-2] 생각이나 느낌이 잘 나타나도록 독서 감상문 쓰기

생각톡톡 '행복한 왕자'라는 제목을 듣고 떠오르는 생각을 써 보세요.

관련교과 [국어 3-1] 마음을 담아 편지 쓰기
[국어 3-2] 글을 읽고 느낌 나누기 / 인상 깊은 경험으로 글쓰기

1주 행복한 왕자

"행복한 왕자"

• 지은이: 오스카 와일드
(1854~1900)

• 작품 설명: 도시 한가운데에 몸은 황금으로 빛나고, 눈동자에는 사파이어, 칼자루에는 루비가 박혀 있는 동상이 있었어요. 사람들은 동상을 '행복한 왕자'라고 불렀지요. 어느 늦가을 밤, 남쪽 나라로 가던 제비 한 마리가 행복한 왕자의 발 아래에 앉았어요. 그때 제비 머리 위로 비가 떨어졌어요. 제비가 하늘을 올려다보니 그것은 비가 아니라 행복한 왕자의 눈물이었지요. 행복한 왕자가 왜 울고 있는지 이야기 속으로 떠나 보아요.

행복한 왕자

행복한 왕자의 동상은 도시가 내려다보이는 높은 곳에 서 있었어요. 왕자의 몸은 황금으로 덮여 있었고 두 눈에는 사파이어가, 칼자루에는 루비가 박혀 있었지요.

"행복한 왕자는 정말 아름다워."

"꼭 천사 같군, 천사 같아."

행복한 왕자의 동상이 있는 곳을 지날 때면 사람들은 걸음을 멈추고 행복한 왕자를 보며 아름다움에 감탄을 했어요.

그러던 어느 날, 작은 제비 한 마리가 도시로 날아왔어요. 다른 제비들은 일찌감치 따뜻한 남쪽 나라를 찾아 날아갔지만, 이 제비는 강가의 갈대를 사랑하게 되는 바람에 늦어졌지요.

"날씨가 언제 이렇게 추워졌지? 갈대만 만나지 않았다면 친구들과 함께 따뜻한 남쪽 나라에 벌써 도착했을 텐데……."

※ 동상: 사람이나 동물의 모양을 만들어 놓은 것.

예체능 1. 행복한 왕자의 동상은 재료를 새기거나 깎아서 왕자의 모습을 입체적으로 만든 조각상입니다. 다음 중 조각상은 어느 것인가요? (   )

①  ②  ③  ④

언어 2. 행복한 왕자의 동상을 보며 사람들이 느낀 감정은 무엇인가요? 그 감정을 가장 잘 표현한 사람을 고르세요. (   )

①  ②  ③

무서워! 불쌍해! 와, 아름답다!

논술 3. 행복한 왕자와 제비는 이 글의 주인공입니다. 앞으로 어떤 일이 벌어질지 왕자와 제비의 특징을 바탕으로 상상하여 써 보세요.

구분	행복한 왕자	제비
움직임	움직일 수 없다.	
몸집		작다.
이동	따뜻한 곳으로 떠날 필요가 없다.	

↓

앞으로 벌어질 일

제비가 갈대를 만난 건 어느 따뜻한 봄날이었어요. 강 위를 날던 제비는 바람에 흔들흔들 나부끼는 갈대를 보고 한눈에 사랑에 빠졌어요.

"와, 아름답다!"

제비는 그날부터 갈대 주위를 맴돌며 끊임없이 사랑을 고백했어요.

"갈대님, 아름다운 갈대님. 제 사랑을 받아 주세요."

하지만 갈대는 알 듯 모를 듯한 몸짓으로 흔들흔들 움직이기만 했지요.

따뜻한 봄과 뜨거운 여름이 지나고, 마침내 가을이 끝날 때쯤 제비는 용기를 내어 갈대에게 말했어요.

"갈대님, 저와 함께 떠나실래요? 저는 겨울이 오기 전에 떠나야 해요."

하지만 갈대는 흔들흔들 고개를 저었어요. 제비는 슬픔에 잠겨서 갈대에게 인사를 하고 홀로 남쪽 나라를 향해 출발했어요.

"갈대님, 그동안 고마웠어요. 안녕!"

※ **나부끼다**: 천, 머리카락 같은 가벼운 물체가 바람을 받아서 가볍게 흔들리다.

언어 1. 갈대를 향한 제비의 마음을 잘 이해한 친구는 누구인가요? (   )

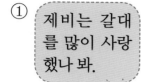

① 제비는 갈대를 많이 사랑했나 봐.

② 제비는 갈대를 제비로 알았나 봐.

③ 제비는 슬픈 사랑을 하고 싶었나 봐.

④ 제비는 남쪽 나라로 가기 싫었나 봐.

과학 탐구 2. 제비는 따뜻한 곳을 찾아 옮겨 다니는 철새입니다. 다음 중 우리나라에서 제비를 볼 수 <u>없는</u> 계절과 관계있는 그림은 무엇인가요? (   )

①

②

③

예체능 3. 제비는 갈대의 움직임을 통해 갈대의 마음을 읽었습니다. 보기 를 참고하여 개구리가 무엇을 하고 있는 모습인지 써 보세요.

보기

→ <u>꽃이 피는</u> 모습

→ ＿＿＿＿＿＿＿＿ 모습

제비는 온종일을 날아 도시에 도착했어요.

"오늘은 저 동상 앞에서 자고 내일 아침 일찍 출발해야지."

제비는 반짝반짝 빛이 나는 동상 앞에 내려앉아 쉬었어요. 그런데 얼마 못 가 제비 몸 위로 물방울이 뚝뚝 떨어졌지요.

"갑자기 웬 비람. 얼른 비를 피할 곳을 찾아야겠다."

제비는 주위를 둘러보았어요. 그런데 제비 몸 위로 떨어지는 물방울은 비가 아니라 동상의 눈에서 방울방울 떨어지는 눈물이었어요.

"당신은 누구신데 그렇게 슬픈 얼굴로 울고 계세요?"

"나는 행복한 왕자란다. 살아 있을 때에는 아름다운 성에서 행복하게 살면서 슬픔이란 걸 몰랐어. 사람들은 내가 죽자 나를 위해 화려한 동상을 만들어서 세워 놓았단다. 그런데 이곳에 서서 도시를 내려다보고 있으니 가난한 사람과 불쌍한 사람들이 보여서 눈물이 멈추질 않는구나."

1. 행복한 왕자는 왜 눈물을 흘리며 울고 있었나요? (   )

① 행복했던 옛날 생각이 나서

② 밤에 혼자 있는 것이 무서워서

③ 제비가 자기 발아래에서 잠든 모습이 안쓰러워서

④ 높은 곳에서 도시를 보니 불쌍한 사람들이 많이 보여서

2. 우리 주변에는 세종 대왕, 이순신 장군 같은 위인들의 동상이 세워져 있습니다. 위인들의 동상을 세우는 까닭은 무엇인가요? (   )

① 위인들이 멋있고 잘생겨서

② 위인들의 후손이 세우기를 원해서

③ 위인들의 동상은 무조건 세워야 해서

④ 위인들의 뜻과 정신을 기리고 본받기 위해서

3. 행복한 왕자의 마음은 살아 있을 때와 동상이 되었을 때 어떻게 바뀌었나요? 왕자의 속마음을 말풍선 안에 써 보세요.

성에는 먹을 것도 많고, 놀 곳도 많아. 난 정말 행복해!

17

행복한 왕자의 말을 듣고 있으니 제비도 왠지 눈물이 날 것 같았어요. 왕자는 도시를 바라보며 말을 계속했어요.

"저기 저 작은 집에는 엄마와 어린 아들이 살고 있어. 엄마는 부잣집 아가씨가 입을 드레스를 만들고 있단다. 내일까지 완성해야 하는데 며칠째 굶어서 손에는 힘이 하나도 없고, 야윈 손은 바늘에 찔린 상처투성이야. 그 옆에는 어린 아들이 누워 있어. 열이 펄펄 나지만 약을 살 돈이 없어서 엄마는 그저 보고만 있단다. 아들은 엄마에게 오렌지가 먹고 싶다고 보채는데 이 집에는 오렌지는커녕 아이에게 줄 음식조차 없어."

"어머나, 불쌍해라!"

제비는 마음이 아팠어요. 그때, 왕자가 제비에게 부탁했어요.

"제비야, 너는 날 수 있으니 내 칼자루에 박힌 루비를 빼어 저 엄마에게 가져다주지 않을래? 루비를 팔면 아이의 약과 음식을 살 수 있을 거야."

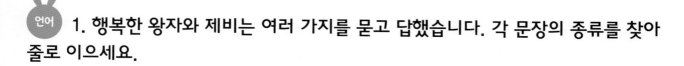

 1. 행복한 왕자와 제비는 여러 가지를 묻고 답했습니다. 각 문장의 종류를 찾아 줄로 이으세요.

(1) 어머나, 불쌍해라! ・　　・ ㉠ 묻는 문장

(2) 왕자는 도시를 바라보며 말을 계속했어요. ・　　・ ㉡ 풀이하는 문장

(3) 칼자루에 박힌 루비를 빼어 저 엄마에게 가져다주지 않을래? ・　　・ ㉢ 감탄을 나타내는 문장

2. 다음에서 설명하는 과일의 이름을 이 글에서 찾아 쓰세요.

· 맛이 새콤달콤합니다.
· 감귤 종류의 하나입니다.
· 이 글에서 아이가 엄마에게 먹고 싶다고 말하는 과일입니다.

(　　　　　　)

3. 가난한 엄마와 아들의 슬픈 이야기를 인형극으로 꾸미려고 합니다. 이 글의 내용에 맞게 빈칸에 알맞은 대사를 써 보세요.

아들: 엄마, 오렌지가 먹고 싶어요.

엄마: _____

아들: 왜 우리 집에는 오렌지가 없나요?

엄마: _____

"왕자님, 저는 내일 먼 길을 날아가야 해서 쉬어야 해요."

"제비야, 한 번만 나를 도와다오. 아이의 열이 점점 더 오르고 있어."

제비는 남쪽 나라로 가는 걸 더는 늦출 수 없어서 선뜻 대답하지 못했어요. 하지만 행복한 왕자의 얼굴이 무척 슬퍼 보여 차마 거절할 수 없었지요.

"딱 한 번뿐이에요."

"그래, 알았다. 정말 고맙구나, 제비야."

제비는 왕자의 칼자루에서 루비를 빼내어 아이의 집으로 날아갔어요. 아이의 엄마는 지칠 대로 지쳐서 침대에 기댄 채 잠이 들어 있었고, 아이의 몸은 뜨거운 불덩이 같았지요. 제비는 루비를 엄마의 치마에 살포시 떨어뜨린 뒤, 아이의 이마에 날갯짓을 해 주었어요.

"아이, 시원해. 엄마, 정말 시원해요."

아이는 제비의 날갯짓이 시원한지 미소를 지으며 중얼거렸어요.

1. 제비는 아이의 이마에 날갯짓을 해 주었습니다. 제비는 날갯짓을 하면서 어떤 생각을 했을까요? (   )

① 아이를 키우는 건 정말 힘든 일이야.

② 아유, 힘들어. 괜히 도와준다고 했나 봐.

③ 아이의 열이 조금이라도 내렸으면 좋겠어.

④ 아이가 아픈데 엄마가 어떻게 잠을 잘 수 있지?

2. 다음 설명을 읽고, 날씨가 추워지자 따뜻한 남쪽 나라로 가려고 하는 제비는 어떤 새에 속하는지 쓰세요.

계절을 따라 이리저리 옮겨 다니며 사는 새를 '철새'라고 하고, 계절을 따라 자리를 옮기지 않고 한 지방에서만 사는 새를 '텃새'라고 합니다.

→

제비는 (   )입니다.

3. 여러분이 행복한 왕자의 도움을 받은 아이라면 마음이 어떨까요? 아이가 되어 왕자에게 감사한 마음을 글로 써 보세요.

행복한 왕자 곁으로 돌아온 제비는 먼 길을 날아오고도 쉬지 못했지만 힘든 줄 몰랐어요. 괜스레 웃음도 실실 나왔지요.

"제비야, 착한 일을 하고 나니 기분이 좋지? 나도 기분이 참 좋구나."

다음 날 아침, 왕자 옆에서 편히 잔 제비는 강에서 물을 마셨어요.

"어? 제비잖아. 늦가을인데도 아직 제비가 있다니 놀라운걸."

마침 강가로 산책을 나온 한 조류학자가 제비를 보고 깜짝 놀랐어요. 참새들도 놀라서 제비 주위를 돌면서 짹짹거렸지요.

왕자 곁으로 돌아온 제비는 작별 인사를 했어요.

"왕자님, 저는 이제 떠나야 해요. 안녕히 계세요."

하지만 왕자는 또다시 간절하게 제비를 붙잡았어요.

"제비야, 하룻밤만 더 나를 위해 있어 주겠니?"

"안 돼요, 지금 당장 출발하지 않으면 다른 제비들을 따라갈 수 없어요."

※ **조류학자**: 새에 대해 연구하는 사람.

1. 강가에서 제비를 본 조류학자는 왜 깜짝 놀랐나요? (   )

① 제비가 무척 커서

② 제비가 강가에서 놀아서

③ 제비가 참새와 같이 있어서

④ 제비를 볼 수 없는 늦가을에 제비를 보아서

1주 2일
학습 끝!

붙임 딱지 붙여요.

 2. 제비는 '조류'에 속합니다. 조류를 설명하는 글의 (   ) 안에 들어갈 말을 보기 에서 찾아 쓰세요.

보기   날개   부리   다리   깃털   꼬리   지느러미

조류는 머리, 목, 몸통, 날개, 다리로 이루어져 있으며, 앞다리가 (   )로 변했고, (   )에는 이가 없습니다. 몸은 (   )로 덮여 있습니다.

3. 제비가 떠나려 하자 행복한 왕자는 제비를 붙잡았습니다. 만일 여러분이 제비라면 왕자에게 어떤 말로 거절할지 써 보세요.

왕자: 제비야, 하룻밤만 더 나를 위해 있어 주겠니?

제비: 왕자님, _____

_____

_____

23

"제비야, 저기 저 다락방에 사는 젊은이는 하루빨리 연출가에게 희곡을 써서 넘겨야 해. 그런데 땔감을 살 돈이 없어 추운 방에서 글을 쓰려니 손이 얼어서 쓸 수가 없단다. 오늘 밤 그 젊은이에게 내 눈에 박힌 사파이어 하나를 가져다주렴."

제비는 떠나야 했지만, 행복한 왕자의 슬픈 눈에 마음이 또 흔들렸어요.

"네, 도와드릴게요. 하지만 왕자님 눈에 박힌 사파이어를 젊은이에게 주면 왕자님 눈이 흐려질 거예요. 다른 보석은 없나요?"

"아쉽게도 없단다. 부디 내 부탁을 들어다오."

제비는 할 수 없이 왕자가 부탁한 대로 왕자의 눈에서 사파이어 하나를 빼서 가난한 젊은이에게 가져다주었어요.

책상 위에 놓인 사파이어를 본 젊은이는 기뻐서 어쩔 줄 몰랐어요.

"누가 이런 귀한 보석을 제게 주셨는지 모르지만 정말 고맙습니다."

※ 희곡: 연극의 대본.

1. 젊은이는 연출가에게 보낼 글을 쓰고 있었습니다. 어떤 종류의 글이었는지 다음 설명을 읽고 이 글에서 찾아 쓰세요.

> • 연극할 때 기본이 되는 글입니다.
> • 이야기의 등장인물과 배경 등을 설명하는 '해설', 등장인물들의 표정과 몸짓을 설명하는 '지문', 등장인물들의 말인 '대사'로 구성됩니다.

(   )

 2. 다음 그림은 젊은이가 사는 다락방의 모습입니다. 24쪽에 있는 그림과 비교해 보고 새로 생긴 물건을 세 가지 찾아서 ◯표 하세요.

 3. 이 글을 실감 나게 읽으려면 등장인물의 마음으로 읽어야 합니다. 다음의 대화는 각각 어떤 마음과 목소리로 읽어야 할지 보기 처럼 빈칸에 써 보세요.

보기

 "네, 도와드릴게요. 하지만 왕자님 눈에 박힌 사파이어를 젊은이에게 주면 왕자님 눈이 흐려질 거예요."

걱정하는 마음	안타까운 목소리

"아쉽게도 없단다. 부디 내 부탁을 들어다오."

날이 밝자마자 제비는 떠날 준비를 했어요. 행복한 왕자와 헤어지는 게 아쉬워 망설이다가, 날이 저물 즈음 왕자에게 다가가 작별 인사를 했어요.

"왕자님, 헤어질 시간이에요. 만나서 반가웠어요. 안녕히 계세요."

그런데 왕자는 이번에도 제비를 붙잡았어요.

"제비야, 네가 빨리 남쪽 나라로 가야 한다는 걸 알지만 저 아래 광장에서 슬피 울고 있는 아이를 보렴."

왕자가 말한 곳에서는 한 여자아이가 손으로 얼굴을 가리고 울고 있었어요.

"저 아이는 성냥을 팔아 하루하루 사는 소녀인데, 물웅덩이에 그만 성냥 바구니를 떨어뜨리고 말았단다. 성냥을 팔지 못하고 그대로 집에 가면 아버지에게 무척 혼이 날 거야. 네가 좀 도와주면 안 되겠니?"

"왕자님, 저는 오늘 꼭 떠나야 해요."

"알아. 하지만 이번만 내 부탁을 들어줄 수 없겠니?"

언어 1. 행복한 왕자는 왜 자꾸 떠나려는 제비를 붙잡는 걸까요? 그 까닭을 잘 아는 친구는 누구인가요? (   )

① 제비를 좋아하기 때문에 붙잡는 거야.

② 제비를 못 가게 붙잡는 것이 재미가 있어서 그러는 거야.

③ 혼자 있으면 심심하니까 제비가 날아가지 못하게 붙잡는 거야.

④ 제비를 통해 불쌍하고 가난한 사람들을 도와주려고 붙잡는 거야.

사회탐구 2. 행복한 왕자처럼 누군가에게 부탁하는 말을 할 때의 자세로 바른 것은 무엇인가요? (   )

① 급하게 재촉하는 자세

② 씩씩하고 당당한 자세

③ 창피하고 부끄러운 자세

④ 부드럽고 조심스러운 자세

논술 3. 만일 행복한 왕자가 제비에게 부탁하는 글을 쓴다면 어떻게 쓸까요? 부탁할 내용과 까닭을 참고하여 부탁하는 글을 써 보세요.

부탁할 내용	하룻밤만 더 머물러 달라는 내용
부탁하는 까닭	광장에 있는 소녀를 도와주기 위해서

제비는 행복한 왕자의 부탁을 거절하지 못하고 고개를 끄덕였어요.

"네. 하지만 왕자님에게는 더는 다른 사람에게 줄 보석이 없잖아요."

그러자 왕자가 환하게 웃으며 말했어요.

"아니야. 내 눈에 남은 사파이어를 저 아이에게 주면 돼."

왕자의 말에 제비가 펄쩍 뛰며 말렸어요.

"그건 절대 안 돼요. 그렇게 되면 왕자님은 앞을 볼 수 없어요."

"괜찮아. 내 눈으로 저 아이를 도울 수 있다면 난 행복할 거야."

아이를 도와줄 수 있다는 생각에 행복한 표정이 된 왕자의 모습을 보며, 제비는 할 수 없이 왕자의 한쪽 눈에 남아 있는 사파이어를 빼냈어요. 그리고 그것을 성냥팔이 소녀에게 떨어뜨려 주었어요.

"어머, 이게 뭐지? 아주 예쁜 유리 조각이네."

소녀는 사파이어를 손에 꼭 쥐고 밝게 웃으며 집으로 돌아갔어요.

1. 다음에 나오는 제비의 말 속에는 행복한 왕자에 대한 어떤 마음이 숨어 있을 까요? (   )

> "그렇게 되면 왕자님은 앞을 볼 수 없어요."

1주 3일
학습 끝!

붙임 딱지 붙여요.

① 가난한 사람을 도와주는 왕자를 존경하는 마음
② 왕자가 앞을 보지 못하게 될까 봐 걱정스러운 마음
③ 보석을 모두 가난한 사람들에게만 주어 질투하는 마음
④ 왕자의 신분에 맞는 옷차림을 하지 않아서 속상한 마음

2. 행복한 왕자는 자기 것을 모두 내놓으며 불쌍한 사람을 도왔습니다. 이처럼 다른 사람을 도와줄 때 얻을 수 있는 좋은 점은 무엇인가요? (   )

① 방송에 얼굴이 나올 수 있습니다.
② 사람들 앞에서 자랑할 수 있습니다.
③ 도와준 만큼 돈을 받을 수 있습니다.
④ 도와준 만큼 자기 마음도 행복해집니다.

3. 사파이어를 들고 집으로 돌아간 성냥팔이 소녀는 어떻게 되었을까요? 그 뒷 이야기를 자유롭게 이어 써 보세요.

성냥팔이 소녀가 사파이어를 들고 집 안으로 들어섰어요.
"얘야, 오늘은 성냥을 몇 개나 팔았니?"

_____

_____

_____

_____

29

소녀가 집으로 돌아가는 모습을 본 제비는 행복한 왕자에게 돌아갔어요.

"왕자님, 이제 왕자님은 아무것도 볼 수 없게 되었으니, 제가 왕자님 곁에 남아 왕자님의 눈이 되어 드릴게요."

제비는 왕자의 어깨 위에서 하루하루를 보냈어요. 그러면서 도시의 여기저기를 돌아다니며 보고 들은 것을 왕자에게 이야기해 주었어요. 제비에게 가난한 아이들에 대해 들은 왕자는 아이들을 도와줄 방법을 생각했어요.

"제비야, 내 심장은 비록 납으로 만들어졌지만, 내 몸은 황금으로 덮여 있단다. 이 황금을 벗겨 내어 가난한 아이들에게 가져다주렴."

제비는 왕자가 시키는 대로 왕자의 몸에 덮여 있던 황금을 한 조각, 한 조각 떼어서 가난한 아이들에게 모두 나누어 주었어요.

황금을 받은 아이들의 얼굴에는 웃음꽃이 활짝 피었지만, 왕자는 점점 초라한 회색빛이 되어 갔어요.

※ **납**: 푸르스름하고 잿빛이 나는 금속.

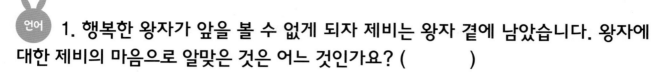

 언어 1. 행복한 왕자가 앞을 볼 수 없게 되자 제비는 왕자 곁에 남았습니다. 왕자에 대한 제비의 마음으로 알맞은 것은 어느 것인가요? (   )

① 왕자를 귀찮아하는 마음   ② 왕자를 혼내 주고 싶은 마음
③ 왕자를 사랑하고 아끼는 마음   ④ 왕자를 미워하고 싫어하는 마음

과학 탐구 2. 다음에서 설명하는 물질의 이름을 이 글에서 찾아 쓰세요.

> • 빛나는 누런색으로 모양은 일정하지 않습니다.
> • 이것으로 반지와 목걸이 등을 만들기도 합니다.
> • 옛날 사람들은 이것을 화폐로 사용하기도 했습니다.

(   )

논술 3. 만약 여러분이 제비가 되어 앞을 볼 수 없는 행복한 왕자의 곁을 지킨다면, 왕자에게 어떤 이야기를 해 주고 싶은가요? 빈칸에 써 보세요.

제목	
내용	
나의 생각	

어느새 날씨는 더욱 추워졌어요. 제비는 오들오들 떨면서도 행복한 왕자 곁을 떠나지 않았지요. 날개를 파닥거리면서 추위를 이겨 내려 했지만, 제비의 몸은 점점 굳어 갔어요.

제비는 이제 왕자 곁을 떠나야 할 시간이라는 걸 알았어요. 다시는 돌아올 수 없는 먼 곳으로 떠나야 했지요.

"왕자님, 이제 작별 인사를 해야겠네요."

"네가 드디어 남쪽 나라로 떠나는구나. 제비야, 그동안 고마웠어."

"제가 가는 곳은 남쪽 나라가 아니랍니다. 안녕, 왕자님!"

제비는 왕자에게 조용히 속삭이더니 왕자의 발아래로 툭 떨어졌어요. 그러자 왕자의 몸속에서 쩍 하고 갈라지는 소리가 났어요. 그 소리가 어찌나 큰지 도시 전체에 울려 퍼졌지요.

그건 왕자의 몸속에 있던 납으로 만든 심장이 두 동강 나는 소리였어요.

1. 제비가 죽었을 때 행복한 왕자의 납 심장이 왜 두 동강이 났을까요?

(   )

① 날씨가 추워서   ② 마음이 아파서

③ 감기에 걸려서   ④ 햇볕을 오래 쬐어서

2. 행복한 왕자처럼 가난한 사람들을 위해 평생을 바친 분이 있습니다. 1979년 노벨 평화상을 받았고, 가난한 사람들을 위해 노력했던 사진 속 인물은 누구일까요? (   )

① 간디   ② 김대중

③ 헬렌 켈러   ④ 테레사 수녀

3. 만약 여러분이 행복한 왕자라면 추위에 얼어 죽은 제비에게 어떤 말을 했을까요? 왕자가 되어 말풍선에 써 보세요.

다음 날 아침, 마을 사람들은 광장을 지나다 행복한 왕자를 보았어요.

"이런, 행복한 왕자의 동상이 볼품없게 변했네. 누가 이랬지?"

"루비도 사파이어도 황금도 모두 사라졌어요."

"저기에 제비까지 죽어 있어요. 쯧쯧, 이게 무슨 일이람."

마을의 시장은 왕자의 동상이 보기 흉하다며 부수어서 용광로에 집어넣었어요. 하지만 이상하게도 납으로 만든 심장은 녹지 않았지요. 사람들은 납으로 만든 심장을 제비를 버렸던 쓰레기 더미에 버렸어요.

어느 날, 하느님이 천사에게 세상에서 가장 귀한 것을 가져오라고 했어요.

천사는 세상을 돌고 돌아 행복한 왕자의 납 심장과 죽은 제비를 가져갔지요. 이를 본 하느님은 크게 만족해하며 말했어요.

"이 작은 새는 천국에서 영원히 노래할 것이며, 납 심장을 가진 왕자는 영원히 행복할 것이다."

※ **용광로**: 높은 온도로 철, 금 같은 물질을 녹이는 시설.

언어 **1. 볼품없이 변한 행복한 왕자의 동상을 본 사람들은 아름다운 동상을 볼 때와 어떻게 달라졌는지 빈칸에 들어갈 말을 찾으세요. (   )**

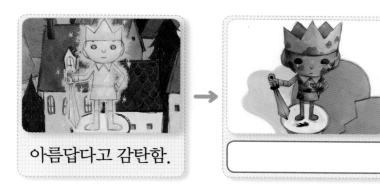

아름답다고 감탄함.

① 흉하다고 싫어함.

② 흉하지만 감동함.

③ 흉하지만 좋아함.

④ 흉하지만 존경함.

언어 **2. 하느님은 왜 행복한 왕자의 납 심장과 죽은 제비를 세상에서 가장 귀한 것이라고 여겼을까요? 그 까닭을 두 개만 고르세요. (   )**

① 사람들이 좋아했기 때문에

② 남을 도우려고 노력했기 때문에

③ 아름다운 겉모습을 잘 유지했기 때문에

④ 다른 사람에게 자기 것을 아낌없이 내주었기 때문에

논술 **3. 행복한 왕자와 제비가 중요하게 여긴 것을** 보기 **에서 두 가지만 찾아 빈칸에 써 보세요.**

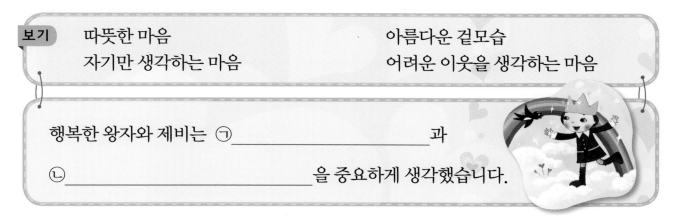

보기	따뜻한 마음	아름다운 겉모습
	자기만 생각하는 마음	어려운 이웃을 생각하는 마음

행복한 왕자와 제비는 ㉠_____과

㉡_____을 중요하게 생각했습니다.

35

되돌아봐요

┃ "행복한 왕자"를 잘 읽었나요? 제비와 행복한 왕자가 한 일을 생각하며 빈칸에 알맞은 말을 보기 에서 골라 쓰세요.

보기
하늘 나라　　성냥팔이 소녀　　희곡을 쓰는 가난한 젊은이
가난한 아이들　　가난한 엄마와 아들

(1)

제비가 행복한 왕자의 부탁으로 왕자의 칼자루에 있던 루비를 빼내어 (　　　　　　　　)을 도와줍니다.

(2)

제비가 행복한 왕자의 부탁으로 왕자의 눈에 박힌 사파이어를 빼내어 (　　　　　　　　)를 도와줍니다.

(3)

제비가 행복한 왕자의 부탁으로 왕자의 눈에 박힌 또 다른 사파이어를 빼내어 (　　　　　　　　)를 도와줍니다.

(4)

제비가 행복한 왕자의 부탁으로 왕자의 몸에 덮여 있던 황금을 벗겨 내어 (　　　　　　　　)을 도와줍니다.

(5)

행복한 왕자와 제비는 (　　　　　　　　)에서 행복하게 지냅니다.

2 이 글의 중심 생각은 무엇인가요? (   )

① 겉모습을 아름답게 가꾸어야 합니다.

② 어려운 이웃을 도우며 살 때 행복이 찾아옵니다.

③ 자기가 가진 것을 어려운 이웃과 나누는 것은 어리석은 일입니다.

④ 다른 사람들의 존경을 받기 위해서는 어려운 이웃을 도와야 합니다.

3 보기 처럼 "행복한 왕자"에 등장하는 인물 중 한 명을 골라 여러분이 하고 싶은 말을 써 보세요.

보기

> 마을 사람들께
> 여러분은 도시의 겉모습에만 신경을 쓰시는 것 같아요. 행복한 왕자의 동상이 볼품없어졌다고 금세 치우는 것을 보면 말이에요. 하지만 행복한 왕자는 다른 사람들을 도와주다가 그렇게 된 거예요. 불쌍한 사람들을 도와주는 것은 본받을 일이잖아요. 다음부터는 겉모습만 보지 말고 그 안에 있는 마음도 보아 주셨으면 합니다.

세계의 유명한 조각상들을 만나 봐요

행복한 왕자의 동상처럼 세계에는 사람들에게 감동과 아름다움을 전하는 조각상이 많답니다. 세계 여러 도시에 세워져 있는 유명한 조각상이 무엇인지 살펴봐요.

아름다운 여인의 사랑이 깃든 로렐라이 동상

독일의 라인강을 따라가다 보면 우뚝 솟은 바위산이 보입니다. 바로 로렐라이의 전설이 전해지는 로렐라이 언덕이지요. 전설에 따르면, 이곳에 로렐라이라는 아름다운 아가씨가 살았는데 마음이 변한 애인을 그리워하다 강물에 몸을 던져 죽었다고 합니다. 그 뒤 로렐라이는 강을 떠도는 물의 요정이 되었는데, 라인강을 지나가던 뱃사람들이 그녀의 노랫소리와 아름다움에 빠져 배가 바위에 부딪혀 죽는 일이 많았답니다.

실제로 로렐라이 언덕 근처는 물살도 세고 강의 폭도 좁아서 사고가 자주 일어났습니다. 그래서 사람들은 아름다운 로렐라이의 모습을 동상으로 만들어 죽은 사람들의 영혼을 위로했다고 합니다.

웃음을 주는 브뤼셀의 상징, 오줌싸개 소년 동상

벨기에의 도시 브뤼셀은 오줌싸개 소년 동상으로 유명합니다. 브뤼셀의 상징이 된 이 작은 동상은 1619년에 조각가 제롬 뒤케누아가 만들었습니다. 프랑스군이 브뤼셀에 불을 지르자 한 소년이 오줌을 누어 불을 껐던 일을 기리기 위해 만들어졌지요. 이후 프랑스 왕 루이 15세가 침략을 사죄하는 뜻으로 소년에게 옷을 선물하였고, 벨기에를 방문하는 국빈들 또한 각국의 의상을 선물하면서, 현재 브뤼셀의 시립 박물관에는 옷이 700벌 넘게 보관되어 있다고 합니다. 벌거벗은 소년을 위한 세계인들의 배려, 아름답기도 하고 재미있기도 하지요?

동화 속 인어 공주의 환생, 작은 인어상

 덴마크의 수도 코펜하겐의 해안가에는 작은 인어 공주 조각상이 있습니다. 이 조각상은 1913년에 조각가 에릭센이 만든 것입니다. 에릭센은 덴마크 출신의 유명한 동화 작가 안데르센의 인어 공주 이야기를 무척 좋아해서 그 당시 유명한 발레리나를 모델로 하여 작은 인어상을 만들었습니다. 그리고 나중에 에릭센은 조각상의 모델이 되었던 발레리나와 결혼을 했습니다.

자유를 밝히는 여신, 자유의 여신상

 미국의 뉴욕 허드슨강 항구로 들어서면 오른손에는 자유의 빛을 상징하는 횃불을, 왼손에는 미국의 독립 선언서를 든 자유의 여신상이 눈에 띕니다. 머리에는 일곱 대륙을 상징하는 뿔이 달린 왕관을 쓰고 있습니다. 이 여신상은 1884년에 완성되었고, 1886년에 미국 독립 100주년을 기념하여 프랑스가 미국에게 선물한 것입니다. 약 46미터의 거대한 자유의 여신상은 안에 계단이 있어서 사람들이 여신상의 머리까지 올라갈 수 있답니다.

✎ 우리나라에 있는 조각상을 하나만 소개해 보세요.

05 내가 할래요

행복한 왕자의 나눔과 사랑을 실천해 봐요

행복한 왕자의 몸에 더 많은 보석이 박혀 있다면, 여러분은 그 보석으로 누구를 도와주고 싶은지 써 보세요.

황금
할머니와 함께 어렵게 살아가는 우리 반 친구에게 주고 싶어요.

루비
아빠가 일찍 돌아가셔서 생활이 어려운 친구에게 주고 싶어요.

다이아몬드
돈이 없어 병원에 가지 못하는 아픈 아이에게 주고 싶어요.

진주
혼자 외롭게 사시는 할아버지, 할머니에게 드리고 싶어요.

1주 학습 끝!

확인할 내용	잘함	보통임	부족함
1. 이번 주 학습을 5일(월요일~금요일) 안에 끝마쳤나요?			
2. 행복한 왕자의 마음을 잘 이해했나요?			
3. 행복한 왕자처럼 남을 도와줄 수 있나요?			
4. 어려운 사람들에게 사랑을 나눠 줄 수 있나요?			

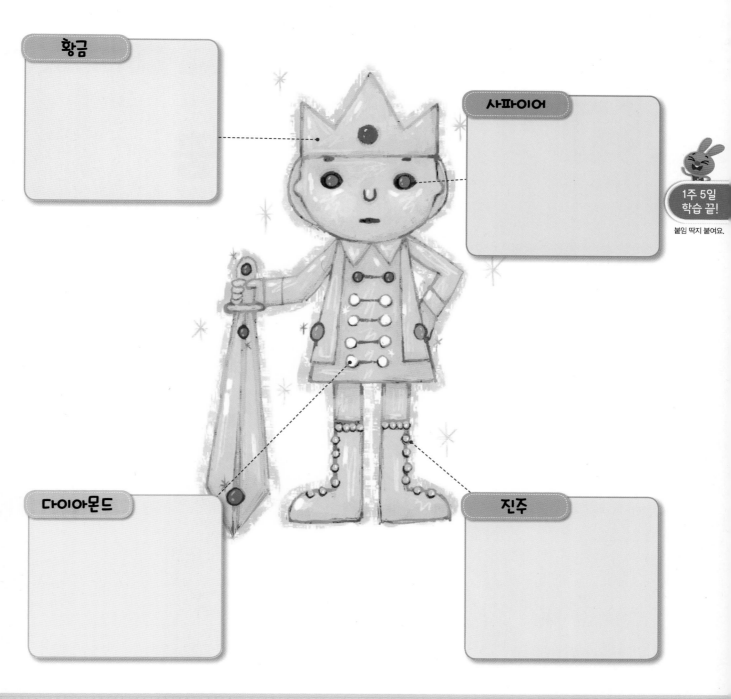

황금

사파이어

1주 5일
학습 끝!

붙임 딱지 붙여요.

다이아몬드

진주

전하는 말

2주

멸치 대왕의 꿈

생각톡톡 바닷속 생물 가운데 바다를 다스릴 임금님을 뽑는다면 어떤 물고기가 좋은지
써 보세요.

관련교과 [국어 2-1] 인물의 마음 상상하며 읽기
[국어 3-1] 일이 일어난 까닭 알기 / 글을 읽고 의견 파악하기 / 글을 읽고 내용 간추리기

멸치 대왕의 꿈

멀고 먼 옛날, 아름답고 평화로운 동쪽 바다에 늠름하고 씩씩한 멸치 대왕이 살았어요. 멸치 대왕은 백성을 사랑하고 나라를 잘 다스려서 백성들의 존경과 사랑을 받았지요.

그러던 어느 날 밤, 잠을 자던 멸치 대왕이 깜짝 놀라 자리에서 일어났어요.

'하늘을 오르락내리락, 구름 속을 왔다 갔다, 흰 눈이 펄펄……. 어허, 이 꿈이 대체 무슨 뜻일까? 참으로 이상한 꿈이로구나.'

다음 날, 멸치 대왕은 어젯밤 꿈이 이상해서 연신 고개를 갸웃거렸어요.

'이거 원, 불안해서 견딜 수가 없네.'

시간이 지날수록 멸치 대왕은 그 꿈이 어떤 뜻일지 궁금해졌어요. 꿈을 해몽해 주는 책에도 멸치 대왕이 꾼 꿈과 같거나 비슷한 내용은 없었어요.

'누구에게 이 꿈에 대해 물어보면 좋을까?'

※ **해몽**: 꿈에 나타난 일을 풀어서 좋고 나쁨을 판단함.

 1. 잠을 자던 멸치 대왕은 왜 깜짝 놀라서 깨어났나요? (   )

① 이상한 꿈을 꾸어서   ② 반가운 손님이 찾아와서

③ 창밖으로 비가 많이 내려서   ④ 신하들이 떠드는 소리를 들어서

 2. 멸치 대왕이 살고 있는 동쪽 바다는 다음 중 어디인가요? (   )

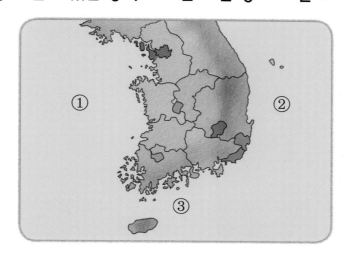

3. 멸치 대왕이 잠에서 깨어난 모습을 만화로 표현했습니다. 이상한 꿈을 꾼 멸치 대왕의 마음이 실감 나게 느껴지도록 대사를 써 보세요.

한참을 고민하던 멸치 대왕은 신하인 넓적 가자미를 급하게 불렀어요.

"가자미야, 넓적 가자미야! 넓적 가자미 게 없느냐?"

구석에서 낮잠을 자던 넓적 가자미는 멸치 대왕의 목소리에 깜짝 놀랐어요.

"에구머니, 대왕님이 찾으시네."

넓적 가자미는 헐레벌떡 멸치 대왕 앞으로 달려갔어요.

"대왕님, 부르셨습니까?"

"넓적 가자미야, 너 어서 가서 낙지 선생 좀 모셔 오너라."

"낙지 선생이요? 갑자기 낙지 선생은 왜 찾으십니까?"

"내가 중요하게 물어볼 말이 있다. 지체 말고 어서 다녀오너라."

넓적 가자미는 졸리고 귀찮아서 떠나기 싫었어요. 하지만 멸치 대왕의 명령이라 어쩔 수 없이 길을 떠났지요.

"갑자기 낙지 선생은 왜 찾으신담. 아이, 귀찮아."

※ **지체**: 때를 늦추거나 질질 끎.

1. 멸치 대왕은 왜 넓적 가자미를 급하게 불렀나요? (   )

① 물어볼 말이 있어서

② 산책을 나가고 싶어서

③ 아침밥을 먹기 위해서

④ 낙지 선생을 모셔 오게 하기 위해서

2. 낮잠을 자던 넓적 가자미는 멸치 대왕의 심부름을 떠나게 되었습니다. 넓적 가자미는 다음 중 어떤 모습으로 길을 떠났을까요? (   )

①

②

③
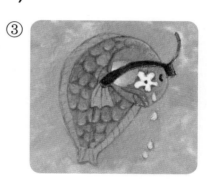

3. 사람들은 동물의 겉모습을 보고 이름을 지어 주기도 합니다. 보기 처럼 넓적 가자미에게 새 이름을 지어 주고, 그 이유도 써 보세요.

보기

이름: 초순이

→ 풀을 좋아하고
   눈이 순해 보여서

이름:

→

47

넓적 가자미는 꽤 여러 날이 지난 뒤에야 낙지 선생이 살고 있는 서쪽 바다에 도착했어요. 낙지 선생에게 오는 동안 내내 불평을 했지요.

"낙지 선생은 왜 이리 먼 곳에 사는 거야."

낙지 선생은 책상 앞에서 꾸벅꾸벅 졸고 있었어요.

"여보시오, 낙지 선생."

"어이구, 깜짝이야! 넓적 가자미님이 이 먼 곳까지 무슨 일이십니까?"

"멸치 대왕님께서 지금 당장 선생을 데려오라고 하십니다."

"나를요? 무슨 일로 저를 찾으시는데요?"

"나도 몰라요. 어서 짐이나 꾸리세요."

먼 길을 와서 피곤한 넓적 가자미는 퉁명스럽게 대꾸했어요.

"멸치 대왕님이 찾으시면 하루빨리 가야지요."

낙지 선생은 부리나케 짐을 꾸려 떠날 준비를 했어요.

언어 1. 밑줄 친 말과 바꾸어 쓸 수 <u>없는</u> 말은 어느 것인가요? (   )

낙지 선생은 <u>부리나케</u> 짐을 꾸려 떠날 준비를 했어요.

① 빨리   ② 급하게   ③ 서둘러서   ④ 늦추어서

 2. 다음은 낙지의 모습입니다. 낙지의 다리는 몇 개일
까요? (   )

① 여섯 개   ② 일곱 개
③ 여덟 개   ④ 아홉 개

2주 1일
학습 끝!

붙임 딱지 붙여요.

3. 멸치 대왕이 부를 때 넓적 가자미와 낙지 선생의 태도는 어떻게 달랐나요?
차이가 잘 드러나도록 생각 주머니에 써 보세요.

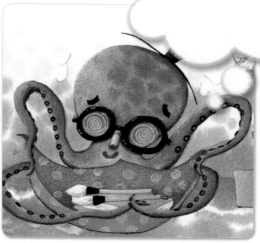

서쪽 바다와 남쪽 바다를 지나고 이 물고기 저 물고기를 다 만난 뒤, 마침내 넓적 가자미와 낙지 선생은 용궁이 있는 동쪽 바다에 도착했어요.

"멸치 대왕님, 낙지 선생을 모시고 왔습니다."

낙지 선생이 왔다는 소리에 멸치 대왕은 버선발로 뛰어나왔어요.

"낙지 선생, 어서 오세요. 먼 길 오느라 고생했어요. 여봐라, 낙지 선생에게 성대한 잔칫상을 베풀도록 하라."

멸치 대왕의 명령이 떨어지기가 무섭게 용궁 안에 큰 잔칫상이 차려졌어요.

"낙지 선생님, 오랜만에 뵙네요."

"정승님도 그간 안녕하셨지요?"

병어 정승이 낙지 선생을 보며 반갑게 인사했어요. 멸치 대왕과 낙지 선생, 그리고 꼴뚜기, 메기, 병어, 갈치 정승들은 환하게 웃으며 모여 앉아 이야기꽃을 피우며 음식을 먹었어요.

※ **버선발**: 버선만 신고 신을 신지 않은 발.

사회 탐구 1. 옆의 지도 위에 넓적 가자미와 낙지 선생이 용궁으로 돌아가기 위해 지나간 바닷길을 그려 보세요.

출발 ●

도착 ●

언어 2. 멸치 대왕이 '버선발로 뛰어나왔다'는 것은 급하게 뛰어나왔다는 뜻입니다. 멸치 대왕은 왜 급하게 뛰어나왔을까요? (   )

① 낙지 선생을 쫓아내기 위해　　　② 낙지 선생이 무척 반가워서
③ 낙지 선생을 피해 도망가려고　　④ 낙지 선생을 가까이에서 보려고

논술 3. 다음은 멸치 대왕의 신하 중 하나인 갈치에 대한 내용입니다. 이 내용을 정리하여 갈치에 대해 설명하는 글을 써 보세요.

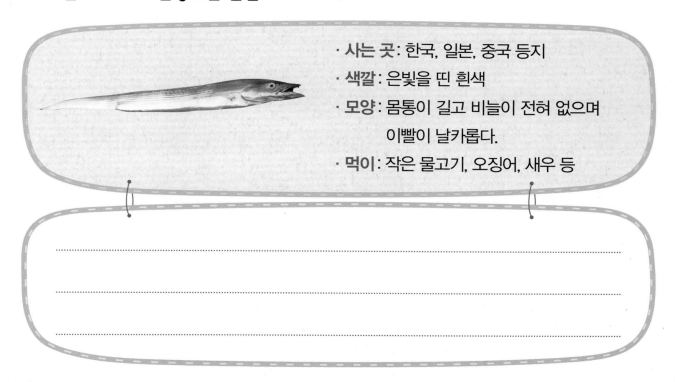

· 사는 곳: 한국, 일본, 중국 등지
· 색깔: 은빛을 띤 흰색
· 모양: 몸통이 길고 비늘이 전혀 없으며 이빨이 날카롭다.
· 먹이: 작은 물고기, 오징어, 새우 등

옆에서 이 모습을 지켜보던 넓적 가자미는 화가 났어요. 용궁에 모인 누구 하나 넓적 가자미를 챙기지 않았거든요. 먹을 것을 챙겨 주지도 않고, 먼 길 다녀오느라 고생했다는 말 한마디 하지 않았지요.

'다들 오랜만에 만난 낙지 선생과 인사하느라 나를 못 봤을 수도 있으니 조금만 더 기다려 보자. 나를 챙기는 신하가 있을 거야.'

넓적 가자미는 멸치 대왕과 신하들이 자기를 봐 주기를 계속 기다렸어요. 하지만 시간이 지나도 아무도 관심을 보이지 않자, 넓적 가자미는 마음이 단단히 토라졌지요.

"낙지 선생, 많이 드세요."

'쳇, 낙지 선생을 데려오느라 고생한 건 난데…….'

잔치 분위기가 무르익자 넓적 가자미는 점점 더 화가 났어요.

'내가 여기에 있는 것조차 모르는 것 아냐? 정말 너무해!'

언어 **1. 넓적 가자미는 왜 멸치 대왕과 신하들에게 화가 났나요? (   )**

① 아무도 자기를 챙겨 주지 않아서

② 멸치 대왕과 낙지 선생이 너무 친해서

③ 멸치 대왕이 자기에게 큰 상을 내리지 않아서

④ 낙지 선생이 자기에게 고맙다는 인사를 하지 않아서

언어 **2. 화가 난 넓적 가자미의 기분을 풀어 주려고 합니다. 다음 중 화를 풀게 할 말로 알맞지 <u>않은</u> 것은 어느 것인가요? (   )**

① 신하라면 당연히 해야 할 일 아닌가요?

② 고생 많았을 텐데 많이 드시고 힘내세요.

③ 내가 미처 수고했다는 인사를 못 했구나. 수고했네.

④ 저를 데려오느라 고생이 많았어요. 정말 고마워요.

논술 **3. 넓적 가자미가 화가 난 채로 일기를 쓴다면 어떻게 쓸까요? 여러분이 넓적 가자미가 되어 일기를 마무리 지어 보세요.**

20○○년 ○월 ○일 금요일	날씨: 맑음
제목:	

　멸치 대왕님의 명령에 따라 낙지 선생을 데려왔다. 서쪽 바다까지 가서 낙지 선생을 데려오는 일은 정말 힘들었다. 쉬지 않고 헤엄치니 몸도 아프고 낙지 선생이 말이 많아 말대꾸하는 것도 피곤했다.

넓적 가자미가 화난 걸 아는지 모르는지, 멸치 대왕은 낙지 선생에게 자기가 부른 이유를 말하기 시작했어요.

"내가 낙지 선생을 부른 건 내 꿈을 해몽해 주었으면 해서요."

"꿈이요? 대왕님, 좋은 꿈이라도 꾸셨는지요?"

"그게 아니라 내가 아주 이상한 꿈을 꾸었는데, 도대체 그 꿈이 무슨 뜻인지 알 수가 없소. 낙지 선생이 해몽을 잘하지 않소."

"맞습니다, 대왕님. 해몽은 낙지 선생을 따를 자가 없지요."

꼴뚜기 정승이 낙지 선생을 치켜세웠어요.

"아유, 별말씀을. 그냥 조금 할 줄 아는 정도입니다. 어떤 꿈을 꾸셨나요?"

낙지 선생이 쑥스러운 듯 겸손하게 말하고 꿈의 내용을 물었어요.

"낙지 선생, 지금부터 내 이야기를 잘 듣고 해몽해 주시오."

멸치 대왕은 낙지 선생에게 조곤조곤 꿈에 대한 설명을 했어요.

1. 멸치 대왕이 낙지 선생을 부른 까닭은 무엇인가요? (   )

① 낙지 선생에게 노래를 부탁하려고

② 낙지 선생에게 공부를 부탁하려고

③ 낙지 선생에게 해몽을 부탁하려고

④ 낙지 선생에게 그림을 부탁하려고

2. 다음은 이 글의 등장인물 중 하나에 대한 설명입니다. 잘 읽고 어떤 물고기 인지 이 글에서 찾아 쓰세요.

2주 2일
학습 끝!

붙임 딱지 붙여요.

이 물고기는 오징어와 비슷하게 생겼지만, 오징어 보다 훨씬 작습니다. 몸은 매우 부드럽고 흰색 바탕에 불그스름한 점들이 있습니다. 우리나라에서는 이 물 고기를 이용해 주로 젓갈을 담가 먹습니다.

(   )

 3. 이 글에 나오는 멸치 대왕의 성격은 어떠한가요? 멸치 대왕의 성격을 처럼 정리하여 한 가지 이상 써 보세요.

보기   넓적 가자미는, 하기 싫은 일을 싫다고 말하지 못합니다. 불만을 말하지 않고 마음에 담아 둡니다.

멸치 대왕은, ...

....

"꿈에서 내가 하늘을 오르락내리락하며 구름 속을 왔다 갔다 하지 뭐요. 그러다 갑자기 하늘에서 흰 눈이 펄펄 내리더니 내 몸이 추웠다 더웠다 하다가 깨어났다오. 꿈이 하도 생생해서 몇 날 며칠이 지나도록 잊히지가 않으니 낙지 선생, 이 꿈이 대체 무슨 뜻이겠소?"

멸치 대왕은 근심 어린 얼굴로 이야기를 마쳤어요. 그런데 조용히 얘기를 듣던 낙지 선생이 멸치 대왕에게 넙죽 큰절을 했어요.

"낙지 선생, 왜 이러시오?"

멸치 대왕이 깜짝 놀라 낙지 선생을 일으켰어요.

"대왕님, 그 꿈은 대왕님께서 머지않아 용이 되실 꿈이옵니다."

"용? 내가 용이 된다고요?"

멸치 대왕은 낙지 선생의 말이 믿기지 않았지만, 마음속으로는 은근히 기분이 좋았어요.

※ **넙죽**: 망설이거나 주저하지 않고 선뜻 행동하는 모양.

56

1. 낙지 선생의 해몽을 듣고 난 멸치 대왕의 표정으로 알맞은 것은 어느 것인가요? (   )

① 슬프고 우울한 표정   ② 즐겁고 행복한 표정

③ 겁먹고 무서운 표정   ④ 창피하고 부끄러운 표정

 2. 이 글에 나온 용에 대한 설명을 읽고 용을 찾아보세요. (   )

> 상상의 동물로, 몸은 큰 뱀과 비슷하고, 비늘과 네 개의 발을 가지고 있으며, 사슴뿔에 소귀를 가지고 있다고 합니다. 깊은 호수, 바다 등에 살다가 때로는 하늘로 올라가 세상에 새로운 기운을 불러일으킨다고 합니다.

①    ②    ③

3. 이 글을 연극으로 하려고 합니다. 다음의 대사는 어떤 표정과 목소리로 연기해야 할까요? 보기 처럼 빈칸에 써 보세요.

보기

"꿈이 하도 생생해서 몇 날 며칠이 지나도록 잊히지가 않으니 낙지 선생, 이 꿈이 대체 무슨 뜻이겠소?"

근심이 많은 표정	두려움에 가득 찬 목소리로 말한다.

(1) "낙지 선생, 왜 이러시오?"

(2) "용? 내가 용이 된다고요?"

"하늘을 오르락내리락하고 구름 속을 왔다 갔다 하는 건 대왕님이 용이 되어
하늘과 땅을 자유롭게 다니는 것입니다. 흰 눈이 펄펄 내리더니 몸이 추웠다
더웠다 하는 것은 날씨를 마음대로 움직일 수 있다는 뜻이지요."

낙지 선생의 얘기를 들은 멸치 대왕은 입이 귀에 걸릴 만큼 활짝 웃었어요.

"하하, 내 꿈이 그런 뜻이었단 말이오?"

꼴뚜기와 메기, 병어, 갈치 정승들도 덩달아 큰절을 했어요.

"축하드립니다, 대왕님!"

하지만 토라져 있던 넓적 가자미는 멸치 대왕과 신하들의 행동에 콧방귀를 뀌
었어요.

"쳇, 무슨 말도 안 되는 소리. 저런 엉터리 해몽이 어디 있어!"

작게 얘기한다고 했는데, 넓적 가자미의 목소리는 멸치 대왕의 귀에까지 들렸
어요. 멸치 대왕은 넓적 가자미를 노려보았어요.

1. 넓적 가자미는 왜 낙지 선생의 해몽을 엉터리라고 말했을까요? (   )

① 낙지 선생이 잘난 체를 해서

② 자기가 생각한 해몽과 달라서

③ 멸치 대왕과 신하들에게 화가 나 있어서

④ 멸치 대왕이 용이 된다는 게 말이 안 돼서

 2. '콧방귀를 뀌다'는 아니꼽거나 못마땅하여 남의 말을 들은 체 만 체 할 때 쓰입니다. 다음 중 이 말을 바르게 사용하고 있는 친구는 누구인가요? (   )

①
숨이 차서 콧방귀를
뀌었어.

②
코가 간질간질해서
콧방귀를 뀌었어.

③
내가 달리기를 잘한다고
했더니 내 짝이 콧방귀를
뀌었어.

④
친구를 도와주었더니
선생님께서 칭찬하며
콧방귀를 뀌셨어.

 3. 만일 여러분이라면 멸치 대왕의 꿈을 어떻게 해몽할지 빈칸에 써 보세요.

하늘을 오르락내리락하고 구름 속을 왔다 갔다 한다.

→ _____

흰 눈이 펄펄 내리고 몸이 추웠다 더웠다 한다.

→ _____

"넓적 가자미 네 이놈, 너 지금 뭐라고 했느냐?"

넓적 가자미는 멸치 대왕의 호통에 깜짝 놀랐어요.

하지만 멸치 대왕과 신하들에게 화가 나 있었기 때문에 멸치 대왕의 꿈을 다시 해몽하기 시작했어요.

"대왕님, 낙지 선생의 해몽은 엉터리입니다."

"뭐라고? 엉터리라고?"

"네. 저도 해몽을 좀 하는데, 그 꿈은 대왕님이 큰 화를 당하실 꿈이옵니다."

넓적 가자미는 멸치 대왕이 무섭지도 않은지 당당하게 말했어요.

멸치 대왕은 넓적 가자미 말에 화가 나서 얼굴이 붉으락푸르락했어요.

"가자미님, 그게 무슨 말이오? 당장 대왕님께 잘못했다고 비시오."

넓적 가자미의 말에 놀란 신하들이 넓적 가자미의 팔을 잡아끌며 멸치 대왕에게 잘못을 빌라고 다그쳤어요.

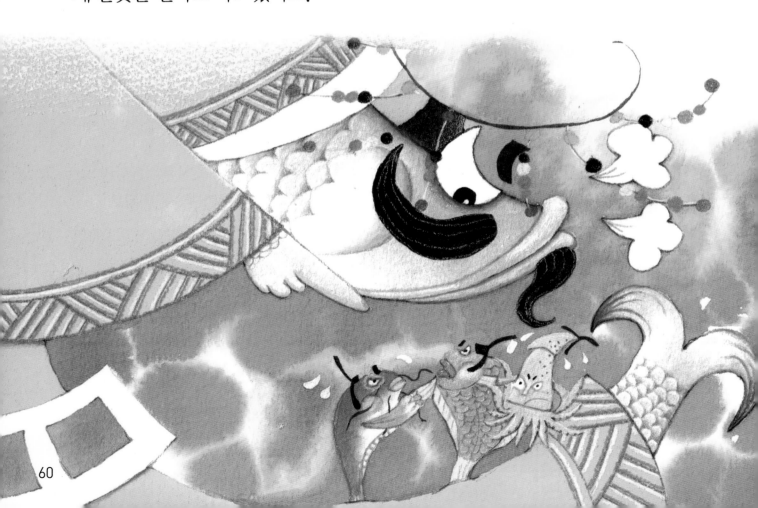

🐰 언어 1. 넓적 가자미는 멸치 대왕이 화난 것을 알면서도 멸치 대왕의 꿈을 나쁘게 해 몽했습니다. 이 장면에 어울리는 속담은 무엇인가요? (   )

① 엎지른 물이다.

② 도둑이 제 발 저리다.

③ 소 잃고 외양간 고친다.

④ 세 살 버릇 여든까지 간다.

🐰 언어 2. 이 글에는 멸치 대왕의 얼굴이 '붉으락푸르락했어요.'라는 표현이 나옵니다. 이 표현에 어울리는 멸치 대왕의 표정과 말은 어느 것인가요? (   )

①

②

③

🐰 논술 3. 신하들은 겁 없이 멸치 대왕에게 대드는 넓적 가자미를 말리며 어떤 말을 했을까요? 신하의 입장이 되어 말풍선에 써 보세요.

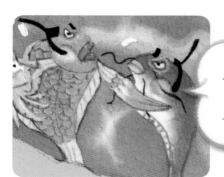

하지만 넓적 가자미는 눈도 꿈쩍하지 않고 해몽을 계속했어요.

"대왕님, 잘 들어 보세요. 하늘을 오르락내리락하는 건 사람이 던진 낚싯대에 걸려 바다 위로 올라갔다 배 위에 내려지는 것입니다. 구름 속을 왔다 갔다 하는 건 석쇠에 놓인 대왕님 사이로 숯불 연기가 왔다 갔다 하는 것이지요. 하늘에서 흰 눈이 펄펄 내리는 건 대왕님 몸 위에 소금이 솔솔 뿌려지는 것이고, 추웠다 더웠다 하는 건 잘 익으라고 대왕님을 이쪽으로 뒤집었다 저쪽으로 뒤집었다 하기 때문입니다."

넓적 가자미의 해몽을 들은 멸치 대왕은 화가 나서 몸이 덜덜 떨렸어요. 신하들은 어찌할 바를 모르고 멸치 대왕과 넓적 가자미만 번갈아 쳐다보았어요.

"네가 어떻게 감히 나에게 그런 말을 할 수가 있단 말이냐?"

꿈의 내용과 넓적 가자미의 해몽이 척척 맞아떨어지자 멸치 대왕은 더더욱 화가 났어요.

1. 넓적 가자미의 해몽에 등장하지 <u>않은</u> 물건은 무엇인가요? (   )

①
배

②
석쇠

③
낚싯대

④
가스 불

 2. 다음 낱말 중 성격이 다른 하나는 무엇인가요? (   )

① 펄펄   ② 구름   ③ 솔솔   ④ 덜덜

3. 넓적 가자미의 해몽에는 생선을 굽는 방법이 차례대로 등장합니다. 그림을 참고하여 생선 굽는 방법을 정리하여 써 보세요.

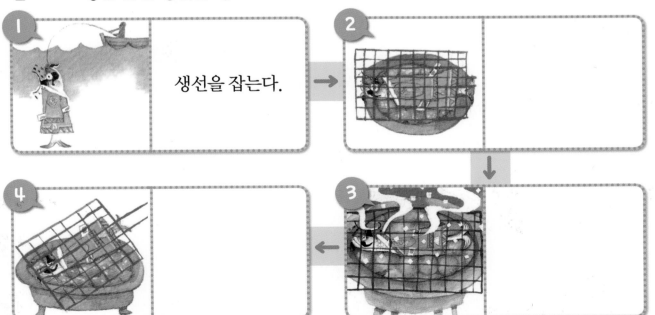

생선을 잡는다.

멸치 대왕의 표정이 어두워지자 넓적 가자미는 통쾌한 마음이 들었어요. 그래서 자기도 모르게 살짝 미소를 지었어요.

그때, 갑자기 '철썩!' 하는 소리가 들렸어요. 멸치 대왕이 넓적 가자미의 뺨을 때리는 소리였어요. 멸치 대왕이 얼마나 세게 때렸는지 넓적 가자미의 눈이 그만 한쪽으로 몰려 버렸어요.

"아이코, 넓적 가자미 눈 좀 봐. 눈이 한쪽으로 몰렸네그려."

정승들은 넓적 가자미의 모습에 배꼽을 잡고 웃기 시작했어요. 그렇게 한참을 웃던 꼴뚜기가 갑자기 멸치 대왕의 눈치를 조심조심 살폈어요.

'이키, 잘못하면 웃었다고 멸치 대왕님께 나도 한 대 맞겠는걸.'

덜컥 겁이 난 꼴뚜기는 얼굴에 있던 눈을 떼어서 재빨리 엉덩이에 붙였어요. 이제 뺨을 맞아도 눈 돌아갈 일은 없을 테니 마음을 푹 놓았지요.

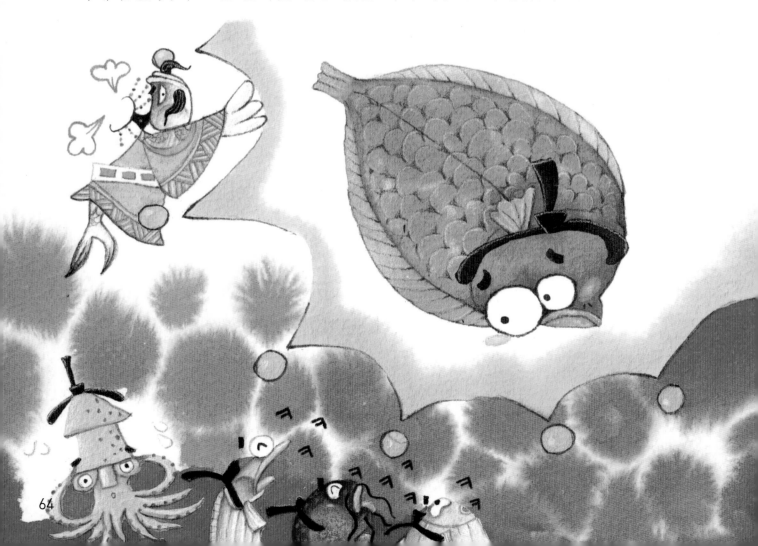

1. 이 장면에서 멸치 대왕이 저지른 잘못을 말하고 있는 친구는 누구인가요?

( )

① 신하들의 충고를
무시한 것은 잘못이에요.

② 신하들을 웃지 못하게
한 것은 잘못이에요.

③ 백성들을 잘 돌보지
않은 것은 잘못이에요.

④ 자기에게 좋은 말을
하지 않았다고 신하를
때리는 것은 잘못이에요.

 2. 밑줄 친 말의 의미가 <u>아닌</u> 것은 어느 것인가요? ( )

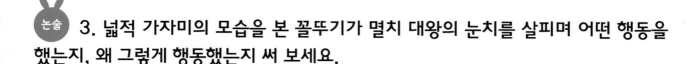

꼴뚜기는 <u>마음을 푹 놓았지요</u>.

① 안심을 했지요. ② 마음이 편했지요.

③ 걱정을 하지 않았지요. ④ 불안한 마음이 들었지요.

3. 넓적 가자미의 모습을 본 꼴뚜기가 멸치 대왕의 눈치를 살피며 어떤 행동을
했는지, 왜 그렇게 행동했는지 써 보세요.

(1) 어떤 행동을 했나요?

_____

(2) 왜 그렇게 행동했나요?

_____

꼴뚜기 모습까지 본 메기는 계속 웃다가 그만 입이 쫙 찢어졌어요. 그 모습을 본 병어는 웃음을 참으려고 급히 자기 입을 꽉 움켜잡았지요. 하지만 너무 세게 움켜잡아 입이 오므라지고 말았답니다.

갈치는 어떻게 됐냐고요? 배꼽을 잡고 웃느라고 이리저리 바닥을 구르던 갈치는 이 광경을 보려고 몰려든 물고기들에게 밟혀 몸이 납작해졌어요. 너도나도 갈치를 밟고 지나갔거든요.

"아이고, 갈치 살려!"

갈치까지 잘못되자 용궁에 있던 물고기들은 자기들도 모습이 흉하게 변할까 봐 서둘러 집으로 돌아갔어요.

"이런, 어서 집으로 도망가야겠다."

하지만 웃음만은 참을 수 없어서 여기서 하하, 저기서 호호, 바닷속이 온통 웃음소리로 들썩거렸답니다.

언어 **1.** 넓적 가자미를 보고 웃던 메기와 병어, 갈치 모습도 변했어요. 어떻게 변했는지 알맞은 문장을 찾아 줄로 이으세요.

(1) 메기 •

(2) 병어 •

(3) 갈치 •

• ㉠ 몸이 납작해졌어요.

• ㉡ 입이 오므라졌어요.

• ㉢ 입이 옆으로 찢어졌어요.

언어 **2.** 동쪽 바다에 꼴뚜기, 메기, 병어, 갈치처럼 이상하게 생긴 물고기들이 많은 이유는 무엇 때문일까요? (   )

① 멸치 대왕의 여행 때문에

② 멸치 대왕의 결혼식 때문에

③ 멸치 대왕의 생일잔치 때문에

④ 멸치 대왕의 해몽 소동 때문에

2주 4일
학습 끝!

붙임 딱지 붙여요.

논술 **3.** 멸치 대왕이 네 정승을 모아 놓고 충고하는 것으로 이 글을 마무리하려고 합니다. 뒷이야기를 완성해 보세요.

얼마 뒤 멸치 대왕이 꼴뚜기, 메기, 병어, 갈치 정승을 불렀어요.
"모습들이 모두 엉망이 되었구려. 나도 반성을 많이 했어요.
비록 겉모습은 흉하게 변했지만, 여러분은 이 일로 많은 것을 깨달았을 거예요.

....

....

....

이 깨달음을 교훈 삼아 앞으로는 서로를 진심으로 아껴 줍시다."
정승들은 그렇게 하겠다고 다짐을 했답니다.

▎ 멸치 대왕의 꿈 때문에 물고기들이 이상한 모습으로 변했습니다. 이야기의 흐름에 따라 상황이 어떻게 변했는지 생각해 보고, 줄로 이으세요.

(1) 멸치 대왕이 이상한 꿈을 꿈. • 　 • ㉠ 넓적 가자미가 단단히 토라짐.

(2) 넓적 가자미가 낙지 선생을 찾아감. • 　 • ㉡ 낙지 선생이 급히 용궁으로 감.

(3) 멸치 대왕, 꼴뚜기, 메기, 병어, 갈치가 낙지 선생만 반김. • 　 • ㉢ 넓적 가자미의 눈이 한쪽으로 몰림.

(4) 낙지 선생이 멸치 대왕의 꿈을 해몽함. • 　 • ㉣ 넓적 가자미가 멸치 대왕의 꿈을 다시 해몽함.

(5) 멸치 대왕이 화가 나서 넓적 가자미를 때림. • 　 • ㉤ 넓적 가자미를 시켜 낙지 선생을 모셔 오게 함.

(6) 넓적 가자미를 보고 꼴뚜기와 메기, 병어, 갈치가 웃음. • 　 • ㉥ 꼴뚜기와 메기, 병어, 갈치의 모습도 우습게 변함.

2 다음 중 '멸치 대왕의 꿈'에 등장하지 <u>않은</u> 물고기는 무엇인가요? (　　　　)

①
메기

②
병어

③
가자미

④
자주복

3 이 글의 배경은 바다입니다. 다음 중 바다에서 할 수 있는 일이 <u>아닌</u> 것은 무엇인가요? (　　　　)

① 수영하기　　　　② 낚시하기　　　　③ 등산하기　　　　④ 조개 캐기

4 만약 다음 물고기 중 한 마리만 원래 모습으로 되돌릴 수 있다면, 어떤 물고기의 모습을 되찾아 주고 싶나요? 물고기 이름과 선택한 이유를 써 보세요.

.... 를 택한 이유

....

....

69

궁금해요

신기한 바닷속 생물들이에요

바닷속에는 '멸치 대왕의 꿈'에 나오는 물고기들보다 더 특이한 물고기들이 많답니다. 어떤 물고기들이 있는지 함께 알아봐요.

배가 볼록 나온 복어

복어는 다른 물고기들에 비해 느리게 헤엄쳐요. 그래서 누군가 자신을 공격하면 있는 힘껏 물이나 공기를 들이마셔 자신의 몸을 서너 배까지 부풀리지요. '날 먹으면 큰일 난다'라는 일종의 경고예요. 그런데도 복어를 잡아먹는다면 어떻게 될까요? 그러면 복어는 상대의 배 속으로 들어가 무서운 독을 내뿜어요.

화를 참지 못하는 밴댕이

밴댕이는 몸의 길이가 15센티미터 정도로 눈도 크고 몸도 미끈해요. 흔히 사람들은 밴댕이를 '속 좁은 물고기'라고 해요. 화가 많아서 그물에 잡히면 어부가 그물을 당기는 동안 저 혼자 부르르 떨다 죽거든요. 그래서 마음이 너그럽지 못한 사람에게 '밴댕이 소갈딱지' 혹은 '밴댕이 소갈머리'라고 말해요.

가시가 많은 준치

옛말에 '썩어도 준치'라는 말이 있어요. 준치는 썩은 걸 먹어도 맛이 좋다는 뜻이에요. 하지만 준치에는 가시가 많아서, 허겁지겁 먹다가는 생선 가시가 목에 걸려 고생할 수 있답니다. 세종 대왕의 다섯째 아들인 광평 대군이 준치를 먹다가 가시가 목에 걸려 죽었다는 말이 있을 정도이니 준치를 먹을 때는 조심하세요.

등이 굽은 **새우**

새우는 등이 굽은 생물이에요. 그래서 흔히 등이 굽은 사람에게 '새우등 같다'고 한답니다. 그런데 사람들이 잘못 알고 있는 게 있어요. 가늘고 작은 눈을 '새우 눈 같다'고 말하잖아요. 하지만 새우 눈은 그리 작지 않답니다. 동그랗고 귀여워요. 앞으로는 눈이 작은 사람한테 '새우 눈 같다'라고 말하지 마세요.

미끌미끌 미끄러운 **미꾸라지**

미꾸라지는 몸이 가늘고 길며 미끄러워요. '미꾸라지 한 마리가 온 물을 흐린다'는 속담의 주인공이기도 해요. 미꾸라지는 개천이나 못 따위의 흙 속에서 사는데 미꾸라지가 흙 속에서 나와 헤엄을 치면 흙이 퍼져서 물이 흐려지기 때문이에요. 미꾸라지는 영양가가 많아서 몸이 약한 사람이 먹으면 좋답니다.

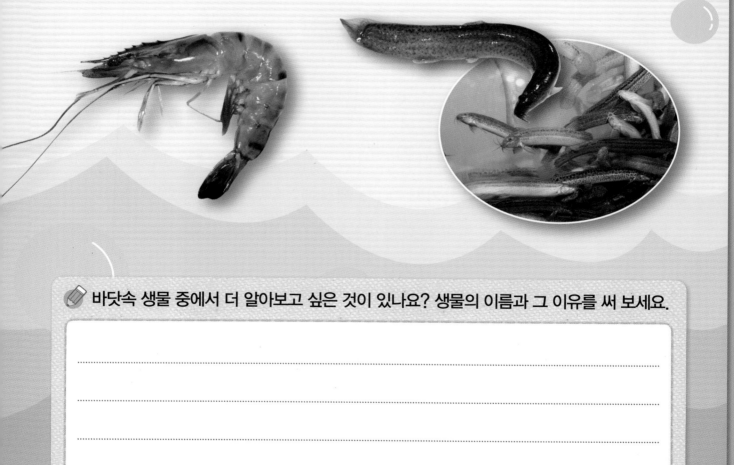

✏️ 바닷속 생물 중에서 더 알아보고 싶은 것이 있나요? 생물의 이름과 그 이유를 써 보세요.

내가 할래요

등이 고부라진 새우 이야기예요

세계 곳곳에는 바닷속 생물에 대한 이야기가 많이 전해져요. 그중 하나가 태국에서 전해지는 새우 이야기예요. 이야기를 잘 읽고, 뒷이야기를 상상해서 써 보세요.

먼 옛날, 어느 숲속에 작은 새 한 마리가 살고 있었어요.

이 새는 세상에 태어나서 단 한 번도 자신보다 큰 새를 본 적이 없었어요.

"세상에 나보다 큰 새는 없을 거야. 나는 새 중의 새야!"

작은 새는 자신감에 부풀어 더 넓은 세상을 향해 날아갔어요.

한참을 날아가던 작은 새가 바닷속을 보고 깜짝 놀랐어요.

"저건 뭐지?"

작은 새가 본 것은 바닷속을 힘차게 헤엄치고 있는 왕새우였지요.

"바닷속에 나보다 큰 새가 있구나."

작은 새는 왕새우에게 다가가서 "네가 세상에서 가장 커."라고 말한 뒤 하늘로 날아갔어요.

2주
학습 끝!

확인할 내용	잘함	보통임	부족함
1. 이번 주 학습을 5일(월요일~금요일) 안에 끝마쳤나요?			
2. '멸치 대왕의 꿈' 줄거리를 잘 이해했나요?			
3. 친구나 가족을 따뜻하게 챙길 수 있나요?			
4. 뒷이야기를 상상하여 잘 만들 수 있나요?			

작은 새의 말을 들은 왕새우는 기분이 좋아졌어요.

"하하, 내가 세상에서 가장 크다고?"

왕새우는 신이 나서 큰 동굴 안으로 헤엄쳐 들어갔어요.

그러나 그 동굴은 고래의 콧구멍 속이었어요. 왕새우는 거드름을 피우며 고래의 콧구멍 속을 이리저리 헤엄쳐 다녔지요.

2주 5일
학습 끝!

붙임 딱지 붙여요.

전하는 말

3주

물의 여행

생각톡톡 사진 속 물은 어디로 흘러갈까요? 상상하여 써 보세요.

관련교과 [과학 3-2] 물이 지표를 변화시키는 과정 알기
[과학 4-2] 물의 상태 변화를 정리하기 / 물의 순환 과정 이해하기

01 물의 증발

3주

휴, 며칠째 계속 비만 오네.

이러다 세상이 물에 잠기는 거 아냐?

...

아야, 누구야?

너를 가르치러 온 물의 요정이다!

증발? 그게 뭔데?

물과 같은 액체가 수증기 같은 기체가 되어 공기 중으로 사라지는 거야.

미안, 증발에 대해 알려 주려고.

그런데 왜 때려?

젖은 빨래가 햇볕에 마르는 것도 증발 현상 때문이야.

증발이라!

어항 속 물이 점점 줄어드는 것도 증발 현상 때문이지.

물은 땅에서 하늘로, 다시 하늘에서 땅으로 돌고 도는 여행을 해.

물이 여행을 한다고?

응. 나랑 물의 여행을 따라가 볼래?

정말? 좋아!

76

과학
탐구
1. 다음 그림은 물이 증발하는 현상을 보여 줍니다. 빈칸에 알맞은 물질의 상태를 쓰세요.

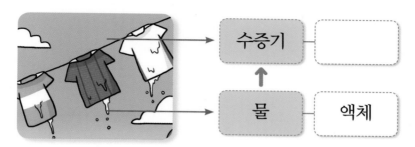

과학
탐구
2. 우리 주변에서 볼 수 있는 증발의 예로 옳지 <u>않은</u> 것은 어느 것인가요?

(　　　)

① 젖은 빨래가 마릅니다.

② 얼음이 녹아 물이 됩니다.

③ 비 온 뒤에 젖은 땅이 마릅니다.

④ 꽃병 속 물이 시간이 지남에 따라 줄어듭니다.

논술
3. 보기 처럼 끝말잇기를 해 보세요.

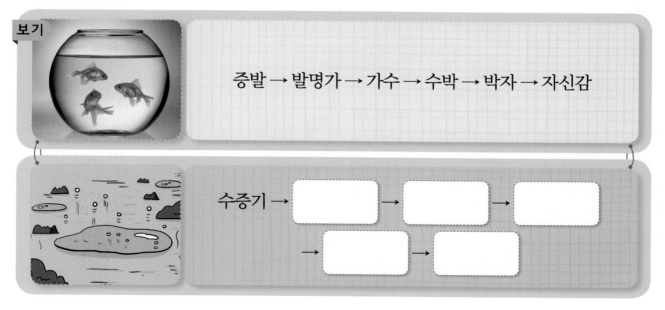

보기

증발 → 발명가 → 가수 → 수박 → 박자 → 자신감

수증기 → 　　　 → 　　　 → 　　　

→ 　　　 →

수증기의 변신, 구름

* 응결: 한데 엉기어 뭉침.

1. 공기는 눈에 보이지 않습니다. 우리 주위에 공기가 있다는 것을 알 수 있는 예가 <u>아닌</u> 것은 무엇인가요? (   )

① 나뭇잎이 바람에 날립니다.

② 태극기가 바람에 펄럭입니다.

③ 바람개비가 바람에 돌아갑니다.

④ 물이 높은 데서 낮은 데로 흐릅니다.

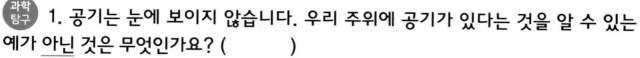 **2. 다음에서 설명하는 낱말을 찾아 줄로 이으세요.**

(1)
| 공기 중의 수증기가 온도가 낮아져서 물방울로 변하는 현상 |

•   • ㉠ 구름

(2)
| 공기 중에 있는 작은 물방울들이 모여 공중에 떠 있는 것 |

•   • ㉡ 응결

3. 공기의 특징을 참고하여, 공기를 사물이나 사람에 빗대어 보기 처럼 표현해 보고, 그것에 빗대어 표현한 까닭을 써 보세요.

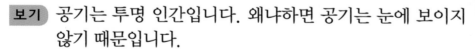

- 공기는 냄새도 없고, 맛도 없고 눈에 보이지도 않는다.
- 공기는 일정한 모양과 양이 없다.

보기 공기는 투명 인간입니다. 왜냐하면 공기는 눈에 보이지 않기 때문입니다.

다양한 구름

와, 구름이 계속 움직여. 모양과 색깔도 다양하고.

구름은 보통 모양과 높이로 구분해. 자세히 설명해 줄게.

새털 모양처럼 생긴 새털구름은 아주 높은 하늘에서 나타나.

저 구름은 양처럼 생겼어!

둥실

응. 양떼구름이야. 둥글둥글하게 덩어리진 모양이 떼를 이루고 있지.

양떼구름은 새털구름보다 낮은 곳에서 주로 나타나.

뭉게구름은 솜을 뭉실뭉실 쌓아 놓은 모양이야. 양떼구름보다 낮은 곳에서 주로 나타나.

비를 몰고 오는 비구름은 낮게 뜨고 어두운 회색이야.

소나기를 몰고 오는 소나기구름도 낮게 떠. 이 구름은 위는 산처럼 솟아 있고, 아래는 비를 머금고 있어.

삐직

특이하게 생겼다.

조심해! 소나기구름은 소나기나 우박과 함께 번개, 천둥을 동반하기도 해.

으악, 그런 건 빨리 알려 줘야지.

쐐애애애

※ 우박: 큰 물방울들이 공중에서 갑자기 찬 기운을 만나 얼어 떨어지는 얼음덩어리.

과학 탐구 **1. 다음 중 구름에 대한 설명으로 옳지 않은 것은 어느 것인가요? (   )**

① 구름은 계속 움직입니다.　　　　② 구름의 모양은 다양합니다.

③ 구름의 크기는 다양합니다.　　　　④ 구름의 색깔은 모두 같습니다.

 과학 탐구 **2. 다음 중 비를 몰고 오는 구름을 두 가지 고르세요. (   )**

① 　　② 　　③ 　　④

　　비구름　　　　　　뭉게구름　　　　　　양떼구름　　　　　소나기구름

3주 1일
학습 끝!

붙임 딱지 붙여요.

논술 **3. 양떼구름은 구름 모양이 양 떼 같아서 붙여진 이름입니다. 여러분이 양떼구름을 보고 이름을 짓는다면 어떤 이름을 붙이고 싶은지 그 이유와 함께 써 보세요.**

(1) 구름의 이름: ....

(2) 이름을 그렇게 붙인 이유: ....

....

....

구름에서 내리는 빗방울

물방울이 많이 모여서 구름이 커졌어.

물방울들이 많이 모여 구름이 무거워지면 구름을 이루고 있는 물방울들이 땅으로 떨어져.

이게 바로 비야. 어때, 신기하지?

와, 비 온다!

비에는 여러 종류가 있어. 는개는 안개비보다 조금 굵은 비야.

이슬비는 아주 가늘게 내리는 비로, 는개보다 굵고 가랑비보다는 가늘어.

장대비는 장대처럼 굵고 거세게 내리는 비야.

진짜 굵네!

비에서 빠질 수 없는 게 소나기야.

아까 소나기구름 봤지? 소나기구름이 나타나면 소나기가 올 경우가 많아.

앗, 소나기구름이다!

소나기는 갑자기 세차게 쏟아지다가 곧 그치는 비로 여름에 많이 내려. 소나기구름이 너에게 화났나 봐.

이번에는 번개도 치네!

※ **장대**: 대나무나 나무로 다듬어 만든 긴 막대기.

1. 다음 중 가장 굵게 내리는 비는 어느 것인가요? (   )

① 는개   ② 이슬비   ③ 가랑비   ④ 장대비

 2. 다음 (   ) 안에 들어갈 비의 이름은 무엇인가요? (   )

맑은 날 햇빛이 강할 때 증발한 수증기들이 높고 두꺼운 소나기구름을 만듭니다. 소나기구름이 나타나면 (   )가 내립니다. 특히 이 비는 여름에 많이 내리는데 갑자기 세차게 쏟아지다가 곧 그칩니다.

① 소나기   ② 이슬비   ③ 가랑비   ④ 장대비

3. 글에는 중심 내용과 세부 내용이 있습니다. 학용품의 종류에 대해 [보기] 처럼 중심 내용과 세부 내용으로 나누어서 써 보세요.

> 보기
>
> 중심 내용 비의 종류에는 여러 가지가 있습니다.
> 세부 내용 는개는 빗줄기가 매우 가는 안개비보다 조금 굵은 비입니다. 는개보다 조금 굵은 비는 이슬비이며, 이슬비보다 조금 굵은 비는 가랑비입니다.

중심 내용 _____

세부 내용 _____

_____

_____

02 구름에서 내리는 눈

1. 이 만화의 내용과 <u>다른</u> 것은 어느 것인가요? (   )

① 모든 얼음 알갱이는 눈이 되어 내립니다.

② 구름 속 얼음 알갱이들이 뭉쳐져서 땅으로 내리는 것이 눈입니다.

③ 눈송이를 현미경으로 보면 육각형 모양의 눈 구조를 볼 수 있습니다.

④ 구름을 이루는 물방울이 찬 공기와 만나 얼음 알갱이를 만들기도 합니다.

2. '눈'이라고 소리 나는 낱말은 여러 가지가 있습니다. 문장에 쓰인 ㉠~㉤을 다음 두 가지 뜻으로 구분하여 알맞은 곳에 기호를 쓰세요.

> ㉠눈 오는 날 ㉡눈을 던지며 놀다가 ㉢눈에 ㉣눈이 들어가서 잠깐 ㉤눈을 감고 있었습니다.

(1)
하늘에서
내리는 눈
(   )

(2)
사람의 얼굴에
있는 눈
(   )

3. 다음 문장을 이용하여 함박눈과 싸락눈의 차이점이 잘 드러나게 한 문장으로 써 보세요.

> **보기**
> • 눈송이가 크며 물기를 많이 가지고 있습니다.
> • 눈송이가 쌀알처럼 생겼으며 물기가 적습니다.

번개와 천둥

앗, 번개다!

난 아까 봐서 놀랍지 않아.

번개는 구름 속에 있는 전기가 서로 끌어당기면서 생기는 강한 불꽃이야.

번개는 꼭 전기 같아.

번개가 한 번 칠 때 생기는 전기로, 전구 약 10만 개를 한 시간 정도 켤 수 있어.

천둥은 번개와 함께 다녀.

으악!

일반적으로 번개가 먼저 보이고 뒤이어 천둥소리가 들려.

내가 천둥소리보다 빠르다고.

빛이 공기를 통과하는 시간이 소리보다 빠르기 때문이야.

그렇구나.

하지만 번개가 치고 천둥소리가 들리는 시간은 경우마다 달라.

시간은 몰라도 돼. 난 나무 밑으로 숨을래.

번개가 칠 땐 나무 밑은 안 돼. 나무가 번개를 모으는 역할을 하거든.

큰일 날 뻔했다.

과학 탐구 1. 빈칸에 들어갈 알맞은 말을 보기 에서 골라 쓰세요.

보기   번개   천둥   구름   폭우

_____는 구름 속에 있는 전기가 서로 끌어당기면서 생기는 강한 불꽃입니다.

이 불꽃과 함께 생기는 큰 소리는 _____ 소리입니다.

 과학 탐구 2. 다음 중 번개가 칠 때 안전하게 대피하는 방법이 <u>아닌</u> 것은 어느 것인가요?

(   )

▲ 번개

① 우산을 쓰지 않는 것이 좋습니다.
② 큰 건물 안이나 낮은 곳으로 대피합니다.
③ 큰 건물이 없다면 나무 아래로 대피합니다.
④ 큰 건물이 없다면 나무와 전봇대가 없는 공터로 가서 몸을 쭈그리고 앉습니다.

3주 2일
학습 끝!

붙임 딱지 붙여요.

논술 3. '번개'는 다음과 같은 뜻도 가지고 있습니다. 이러한 뜻의 '번개'를 넣어 보기 처럼 문장을 만들어 보세요.

· 번개: 동작이 아주 빠르고 날랜 사람이나 사물을 빗대어 이르는 말.

보기
동생은 자기가 좋아하는 떡볶이를 먹으려고
번개처럼 집으로 달려왔습니다.

땅으로 돌아온 물

※ **민물**: 강이나 호수 따위와 같이 소금기가 없는 물.

과학탐구 1. 물에 대한 설명으로 <u>틀린</u> 내용은 어느 것인가요? (   )

① 우리 몸에는 물이 없습니다.

② 빛깔, 냄새, 맛이 없고 투명합니다.

③ 동물과 식물이 살아가는 데 꼭 필요합니다.

④ 강, 호수, 바다, 지하수 따위의 형태로 있는 액체입니다.

 언어 2. 빈칸에 들어갈 물은 무엇인지 이 만화에서 찾아 쓰세요.

바닷물과 달리, 소금기가 없는 강이나 지하수 등의

_____은 농작물을 기르는 데도 쓰입니다.

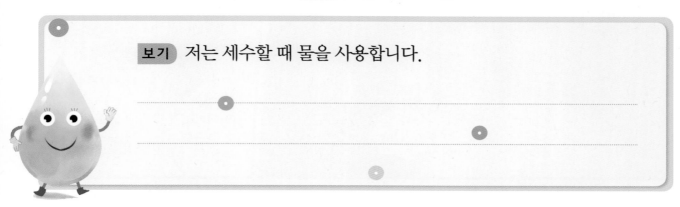 **논술** 3. 물은 공기와 더불어 우리가 살아가는 데 없어서는 안 될 중요한 물질입니다. 여러분은 어떨 때 물을 사용하는지 보기 처럼 두 가지만 써 보세요.

보기 저는 세수할 때 물을 사용합니다.

물의 이용

사람들이 아주 옛날부터 물을 이용했다고?

응. 고대 시대의 *로마 사람들은 물이 흐를 수 있게 물길을 만들어서 멀리에 있는 물을 끌어와 썼어.

물이 높은 곳에서 낮은 곳으로 흐르는 원리를 이용해 물길을 만들어서, 물이 계속 흐르게 했지.

정말 대단하다!

로마 시대의 물길이 통하는 가르교

우리 조상들이 물의 힘을 이용한 대표적인 기구는 물레방아야.

졸졸

물레방아는 떨어지는 물의 힘으로 바퀴를 돌려 곡식을 찧거나 빻았지.

쌀을 빻아서 떡 해 먹어야지!

졸졸

그럼 현재 물의 힘을 이용하는 건 뭐야?

대표적인 걸로 댐이 있어.

댐은 물의 힘으로 발전기를 돌려서 전기를 일으켜.

와, 굉장해!

농사에 물이 부족하면 댐의 물도 써?

응. 댐은 물을 저장도 하고 공급도 하거든.

※ **로마**: 기원전 7세기에 이탈리아반도 중부의 테베레강 유역에 세워진 고대의 도시 국가.

1. 이 만화를 보고 다음 중 맞는 낱말에 ◯표 하세요.

(1) 물은 (높은, 놉은) 곳에서 낮은 곳으로 흐릅니다.

(2) 물길은 물이 (한 번만, 계속) 흐르도록 만든 통로입니다.

(3) 물레방아는 물의 힘으로 바퀴를 돌려 곡식을 (빻았습니다, 빠았습니다).

 2. 물의 힘을 이용한 물레방아처럼 우리 조상들의 지혜와 슬기가 담긴 다음 도구의 좋은 점을 알맞게 줄로 이으세요.

(1)

옹기

(2)

맷돌

(3)

가마솥

ㄱ 솥이 두꺼워서 밥이 잘 타지 않고 열을 오랫동안 유지할 수 있습니다.

ㄴ 습기가 잘 조절되어 김치나 된장 등을 오랫동안 보관할 수 있습니다.

ㄷ 곡식을 갈 때 사용한 도구로 곡식의 맛을 그대로 느낄 수 있습니다.

3. 옹기와 맷돌이 오늘날 어떤 물건으로 발전했는지 생각하여 빈칸에 보기 처럼 써 보세요.

	옛날	오늘날	편리하게 고친 점
보기	가마솥	전기밥솥	• 밥을 실내에서 손쉽게 할 수 있습니다. • 쌀과 물을 넣으면 알아서 밥이 됩니다.
	(1) 옹기		
	(2) 맷돌		

땅의 모양을 바꾸는 물

빗방울은 무척 작지만 땅의 모양을 바꾸기도 해.

에이, 거짓말!

정말이야. 바위나 땅에 떨어진 빗방울은 바위와 땅에 작은 틈을 내며 스며들어.

그렇게 오랜 시간이 지나면 바위를 쪼개고 땅속에 동굴을 만들기도 해.

쾅 쾅

나도 빗방울처럼 바위를 쪼갤 거야.

흐르는 물과 빗물은 바위나 돌, 흙을 깎아 내는 침식 작용을 해. 강의 상류와 같이 땅의 기울기가 커서 물의 흐름이 빠른 곳일수록 침식 작용이 활발하게 일어나.

상류

깎인 돌과 흙이 물을 타고 아래로 이동하네?

그걸 물의 운반 작용이라고 해. 강의 중류에서 주로 활발하게 일어나지.

중류

물의 흐름이 느린 강 하류에는 운반된 흙과 돌이 쌓여. 이게 퇴적 작용이야.

와, 정말 물이 땅의 모양을 바꾸기도 하는구나!

하류

1. 이 만화가 무엇에 대해 설명하고 있는지 잘 말하고 있는 친구는 누구인가요?

(   )

① 물의 침식 작용에 대해 말하고 있어.

② 빗물이 동굴을 만드는 것에 대해 말하고 있어.

③ 물과 빗물이 흐르는 것에 대해 말하고 있어.

④ 흐르는 물과 빗물이 어떻게 땅의 모양을 바꾸는지 말하고 있어.

 2. 흐르는 물의 특징이 아닌 것은 어느 것인가요? (**)**

① 흐르는 물은 땅의 모양을 바꿉니다.
② 물은 높은 곳에서 낮은 곳으로 흐릅니다.
③ 물의 흐름이 빠를수록 바위, 돌, 흙 등이 많이 깎입니다.
④ 땅의 기울기가 클수록 바위, 돌, 흙 등이 적게 깎입니다.

3주 3일
학습 끝!

붙임 딱지 붙여요.

 3. 강의 중류, 하류의 특징을 정리해서 빈칸에 써 보세요.

위치	특징
강의 상류	물의 흐름이 빠르며 침식 작용이 활발합니다.
강의 중류	
강의 하류	

움직이는 바닷물

강을 따라오니 바다가 나왔네.

강물은 바다로 흐르고, 바닷물은 전 세계 바다를 돌아다녀.

바닷물이 바람이나 온도에 따라 움직이기 때문이야.

온도?

적도 근처의 따뜻한 바닷물은 극지방의 차가운 바닷물 쪽으로 흐르고, 극지방의 바닷물은 적도 쪽으로 흘러.

그렇구나.

짝

여기 좀 봐. 정말 바닷물이 빙글빙글 도네!

적도

따뜻한 바닷물 흐름 →
차가운 바닷물 흐름 →

쏴아아아

으악, 파도다!

파도는 바다 위로 바람이 불 때 생기는 물결이야.

바람이 세지면 파도도 커져.

메롱!

나, 이거 알아. 방파제지?

맞아. 높은 파도를 막기 위해 쌓아 놓은 거야.

쏴아아

* **적도**: 지구의 중심을 통과하는 선. 지구의 남극과 북극으로부터 같은 거리에 있다.

언어 1. 밑줄 친 '빙글빙글'과 바꾸어 쓸 수 있는 말은 무엇인가요? (   )

보기

바닷물은 전 세계 바다를 <u>빙글빙글</u> 돕니다.

① 핑글핑글   ② 엉금엉금   ③ 살금살금   ④ 꾸벅꾸벅

과학 탐구 2. 파도에 대한 설명으로 바르지 <u>않은</u> 것은 무엇인가요? (   )

① 태풍처럼 강한 바람이 불면 파도가 높아집니다.

② 파도에 의해서 바닷가에 있는 바위가 깎입니다.

③ 일정한 방향과 속도로 움직이는 물을 파도라고 합니다.

④ 바다 위로 바람이 불 때 생기는 물결을 파도라고 합니다.

논술 3. 다음은 바닷가에서 볼 수 있는 모습입니다. 그 모습을 보기 처럼 한 문장으로 써 보세요.

보기

바닷가에는 넓은 모래사장이 펼쳐져 있습니다.

04 지구를 돌고 도는 물

1. 다음은 물의 순환에 대한 설명입니다. (   ) 안에 알맞은 낱말을 이 만화에서 찾아 쓰세요.

태양의 뜨거운 열은 땅과 바다에 있는 물을 증발시켜 (   )로 만듭니다. 하늘로 올라간 많은 수증기들이 뭉쳐서 (   )이 됩니다. 구름을 이루고 있는 물방울들은 다시 (   )와 (   )이 되어 땅으로 내려옵니다. 이 물은 지하수나 호수가 되거나 (   )이 되어 흘러서 바다로 갑니다. 그리고 땅이나 바다에 있는 물은 또다시 증발하여 (   )가 됩니다. 이처럼 물은 끝없이 돌고 도는 순환을 합니다.

2. 다음 중 이 만화의 내용이 <u>아닌</u> 것은 어느 것인가요? (   )

① 물이 순환하면서 바닷물과 강물의 양이 줄어듭니다.
② 구름을 이룬 물방울들이 비가 되어 땅으로 내려옵니다.
③ 태양의 뜨거운 열이 물을 증발시키면 수증기가 만들어집니다.
④ 땅으로 내려온 물은 식물의 뿌리에 흡수되거나 지하수, 호수, 강물이 됩니다.

3. 물은 땅에서 하늘로, 하늘에서 땅으로 계속 돌고 돕니다. 우리 주위에 이렇게 돌고 도는 일이 반복되는 것에는 어떤 것이 있는지 생각하여 보기 처럼 써 보세요.

보기 사계절: 봄, 여름, 가을, 겨울이 계속 돌면서 반복됩니다.

04 오늘날과 미래의 물

3주

※ **사막**: 비가 적게 와서 식물이 자라기 힘들고 사람들도 활동하기 힘든 지역.

98

과학 탐구 1. 지구에 있는 물에 대한 설명이 <u>틀린</u> 친구는 누구인가요? (   )

① 지구에 있는 물 대부분이 바닷물이야.

② 지구는 약 70 퍼센트가 물로 덮여 있어.

③ 지구에 있는 물의 약 3퍼센트가 바닷물이야.

④ 우리가 사용하는 민물은 호수, 강물, 지하수야.

 과학 탐구 2. 다음에서 설명하는 물이 무엇인지 이 만화에서 각각 찾아 쓰세요.

(1)
- 지구에 있는 물 중 약 97퍼센트를 차지합니다.
- 소금기가 많아 사람이 마실 수 없습니다.

(2)
- 지구에 있는 물 중 약 3퍼센트를 차지합니다.
- 소금기가 없어서 사람들이 여러 가지 용도로 사용할 수 있습니다.

3주 4일
학습 끝!

붙임 딱지 붙여요.

논술 3. 물 부족 현상을 막기 위해서는 물을 아껴 써야 합니다. 물을 아껴 쓸 수 있는 방법을 보기 처럼 써 보세요.

보기

양치한 다음 입을 헹굴 때에는 컵에 물을 받아서 합니다.

치카 치카   푸 푸

물의 순환 과정을 그림으로 나타냈습니다. 그 과정에 맞게 순서대로 번호를 쓰세요.

(1)

강, 호수, 바다, 땅 등 곳곳에서 물이 증발하여 수증기가 됩니다.

(2)

구름을 이룬 물방울들이 서로 뭉쳐 무거워지면 비나 눈이 되어 땅으로 떨어집니다.

(3)

하늘로 올라간 수증기는 온도가 내려가면 응결하여 구름이 됩니다.

(4)

땅이나 바다에 있는 물은 또다시 증발하여 수증기가 됩니다.

(5)

땅에 떨어진 물은 강물이 되어 바다로 흐릅니다.

(1) → (   ) → (   ) → (   ) → (   )

2 ㉠, ㉡에 들어갈 알맞은 말을 (   ) 안에 쓰세요.

> 물이 수증기로 변하는 것처럼 (㉠)인 물질이 기체로 변하는 현상을 (㉡)이라고 합니다.

(㉠:   ㉡:   )

3 다음 중 증발이 가장 잘 일어나는 날은 언제인가요? (   )

① 바람이 불고 추운 날
② 바람이 불고 따뜻한 날
③ 바람이 없고 따뜻한 날
④ 비가 내리고 바람이 없는 날

4 지구 곳곳에서는 많은 사람들이 물이 부족해서 힘들어하고 있습니다. 물을 낭비하는 친구에게 '물을 아껴 쓰자'는 내용으로 쪽지를 써 보세요.

생활 속 물의 모습을 알아봐요

1. 기체 상태, 수증기

수증기는 물의 세 가지 모습 중 '기체' 상태입니다. 수증기는 일정한 모양이 없어 만질 수 없습니다. 하지만 수증기는 우리 생활 곳곳에서 쓰이고 있습니다.

먼저 뜨거운 다리미에서 만들어진 수증기는 밖으로 나오면서 찬 공기를 만나 뭉쳐져서 작은 물방울인 '김'이 됩니다. 이 김을 이용하여 옷을 다릴 수 있는 증기다리미가 있습니다. 또 수증기는 떡이나 찐빵 등 음식을 찔 때에도 이용됩니다. 찜통에 음식을 넣어 뜨거운 수증기로 익히거나 데우는 것이지요. 뜨거운 수증기의 열을 이용하여 기계를 움직이는 것으로 증기 기관차와 증기선도 있습니다.

이처럼 기체 상태인 수증기는 언제나 우리와 함께 있으며 우리 생활을 편리하게 도와주고 있습니다.

2. 액체 상태, 물

우리가 컵에 담아 마시는 물은 '액체' 상태입니다. 일정한 모양은 없지만 부피가 있습니다. 손으로 움켜잡으면 흘러내리고, 색깔이 없으며 투명하지요. 강물과 바닷물 모두 액체입니다. 구름이나 안개 또한 액체인 물방울들이 모인 것입니다.

우리는 물을 마시고, 물로 물건이나 몸을 씻고 농사도 짓습니다. 동물과 식물들 역시 물을 마시고 흡수하여 생명을 유지합니다. 액체 상태인 물은 모든 동식물이 살아가는 데 반드시 필요합니다.

3. 고체 상태, 얼음과 눈

냉장고 안에 있는 얼음은 '고체' 상태입니다. 북극과 남극의 빙하 또한 고체입니다. 얼음은 일정한 모양과 부피가 있으며 단단합니다.

사람들은 얼음을 시원한 음료수나 팥빙수를 만들 때 이용합니다. 또 얼음으로 만든 빙판 위에서 스케이트를 타거나, 음식을 상하지 않게 보관할 때도 얼음을 이용합니다.

그런데 한 가지 꼭 알아 두어야 할 사항이 있습니다. 그것은 액체인 물이 고체인 얼음이 되면 부피가 늘어난다는 것입니다. 유리병에 담아 냉동실에 넣어 둔 물이 얼어 유리병이 깨지거나 얼린 페트병이 불룩해지는 것은 모두 물의 부피가 늘어났기 때문입니다. 추운 겨울에 수도관이 터지고, 바위에 스며들었던 물이 얼어 바위가 부서지는 것을 보면, 고체로 변한 물의 힘이 얼마나 대단한지 알 수 있습니다.

기체, 액체, 고체 상태의 물이 우리 생활에 어떻게 쓰이는지 각각 써 보세요.

(1) 기체인 수증기: ⋯⋯⋯⋯⋯⋯⋯⋯⋯⋯⋯⋯⋯⋯⋯⋯⋯⋯⋯⋯⋯⋯⋯⋯⋯⋯⋯

(2) 액체인 물: ⋯⋯⋯⋯⋯⋯⋯⋯⋯⋯⋯⋯⋯⋯⋯⋯⋯⋯⋯⋯⋯⋯⋯⋯⋯⋯⋯⋯⋯

(3) 고체인 얼음: ⋯⋯⋯⋯⋯⋯⋯⋯⋯⋯⋯⋯⋯⋯⋯⋯⋯⋯⋯⋯⋯⋯⋯⋯⋯⋯⋯

내가 할래요

소중한 물에게 편지를 써 봐요

사람을 비롯하여 동물과 식물이 살아가기 위해서는 물이 꼭 필요합니다. 우리가 매일 마시고 사용하는 물에게 고마운 마음을 담아 보기 처럼 편지글을 써 보세요.

물에게

안녕, 물아!

나는 샛별초등학교에 다니는 한비라고 해.

내 이름에도 '비'가 들어 있는데 나는 예전에는 너의 고마움을 모르고 지냈단다. 너는 늘 내 곁에서 목이 마르면 목을 축여 주었고, 몸이 더러울 때는 깨끗하게 씻겨 주었으며, 더울 때는 시원하게 해 주었는데, 나는 네가 고맙다는 생각을 못했어.

그런데 며칠 전 우리 집에 이틀 동안 물이 나오지 않아서 잘 씻지도 못하고, 물도 마음껏 마시지 못하고서야 너의 고마움을 절실히 느꼈어. 물아, 그동안 고마웠어.

앞으로도 내 곁에서 계속 나를 도와주며 멋진 모습 보여 줘. 나도 너를 아끼며 생활할게. 안녕!

20○○년 ○월 ○일

한비가

3주
학습 끝!

확인할 내용	잘함	보통임	부족함
1. 이번 주 학습을 5일(월요일~금요일) 안에 끝마쳤나요?			
2. 증발에 대해 잘 이해했나요?			
3. 물의 순환에 대해 설명할 수 있나요?			
4. 물의 소중함을 알게 되었나요?			

3주 5일
학습 끝!

붙임 딱지 붙여요.

전하는 말

4주

독서 감상문을 써 봐요

생각톡톡 책을 읽은 뒤 독서 감상문을 쓰면 어떤 점이 좋은지 써 보세요.

관련교과 [국어 3-2] 작품을 읽고 느낌 나누기
[국어 4-2] 생각이나 느낌이 잘 나타나도록 독서 감상문 쓰기

이해력 **1.** 독서 감상문에는 책의 내용과 책에 대한 감상 내용이 들어가야 합니다. 다음 중 책에 대한 감상 내용이 <u>아닌</u> 것은 어느 것인가요? (   )

① 책의 줄거리   ② 책을 읽고 알게 된 점

③ 사건을 보고 느낀 점   ④ 등장인물에 대한 생각

 분석력 **2.** 이 마인드맵을 보고, 다음 등장인물에 대해서 어떻게 생각하는지 보기 처럼 써 보세요.

> 보기
>
> 마녀: 공주를 죽이려는 것으로 보아 양심이 없고 나쁜 사람입니다.

(1) 사냥꾼: ....

(2) 일곱 난쟁이: ....

논술 **3.** B4권 2주차에 실린 '멸치 대왕의 꿈'으로 마인드맵을 만들어 보세요.

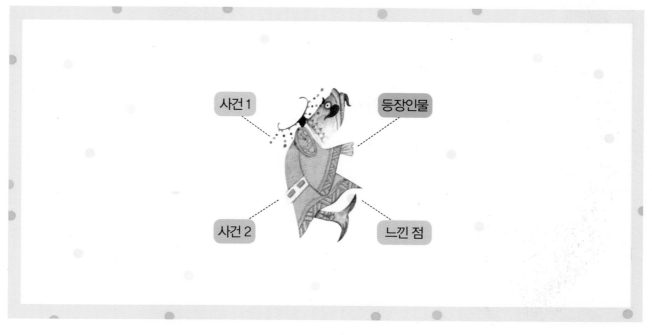

독서 감상 활동 2

"심청전"을 읽고 이어질 이야기 꾸미기

아버지에 대한 심청이의 아름다운 마음에 감동한 임금님은 심청이를 더욱 사랑했어요. 하지만 오래도록 아이가 생기지 않자, 심청이는 걱정이 되었지요. 이를 눈치챈 임금님은 사흘 밤낮을 고민하다 꾀를 하나 내었어요.

'옳지, 그러면 되겠다.'

며칠 뒤, 임금님 방에서 갓난아이의 울음소리가 쩌렁쩌렁하게 울렸어요.

심청이는 그 소리에 깜짝 놀라 임금님 방으로 들어갔어요.

"왕비, 놀라지 마시오. 내가 귀한 아이를 얻었소. 아비가 집을 나간 뒤 병든 어미 혼자 아이를 키우다 얼마 전에 어미도 죽고 말았다오. 왕비, 우리가 이 아이를 훌륭하게 키워 봅시다."

심청이는 임금님의 고마운 마음에 깊이 감동했어요. 그러고는 임금님의 뜻을 이해하고 아이를 사랑으로 키웠답니다.

1. 책을 읽고 난 뒤 이어질 내용을 꾸며 쓸 때에 주의해야 할 점은 무엇인가요?

( )

① 새로운 인물을 두 명 이상 넣습니다.

② 앞부분의 내용과 잘 이어지게 씁니다.

③ 인물들의 성품, 직업 등을 마음대로 바꿉니다.

④ 나쁜 짓을 하던 인물에게는 무조건 큰 벌을 내립니다.

 2. 이 글에서 일이 일어난 차례에 맞게 ㉠~㉢의 순서를 바로잡아 보세요.

㉠ 임금님이 갓난아기를 데려옴.

㉡ 심청이는 아이가 생기지 않아서 걱정함.

㉢ 심청이와 임금님이 아이를 사랑으로 키움.

( ) → ( ) → ( )

3. 다음 그림은 "심청전"의 주요 내용을 나타낸 것입니다. 이 내용을 잘 연결하여 "심청전"의 줄거리를 간략하게 써 보세요.

심청이는 아버지 눈을 뜨게 하기 위해 인당수에 빠져 공양미 삼백 석을 마련했어요.

심청이는 용왕의 도움으로 연꽃에 실려 육지로 올라와서 왕비가 되었어요.

맹인 잔치 마지막 날, 심청이는 아버지와 만났어요. 심 봉사는 깜짝 놀라 눈을 떴답니다.

4주
01

독서 카드 형식의 독서 감상문

"어린 왕자"를 읽고

제목	어린 왕자	느낀 점
글쓴이	생텍쥐페리	어제 짝꿍에게 말을 함부로 해서 짝꿍이 무척 화를 냈다. 나는 별생각 없이 한 말인데, 화를 내서 기분이 나빴다. 그런데 어린 왕자가 단짝 친구인 장미 때문에 마음 아파하는 장면을 보고 별생각 없이 한 말이 다른 사람의 마음을 아프게 할 수도 있다는 걸 알았다. 앞으로 말을 할 때는 친구나 상대방이 상처를 받지 않도록 조심해야겠다.
등장인물	어린 왕자, 장미, 왕, 여우, 비행기 조종사 등	
기억에 남는 장면	• 코끼리를 삼킨 보아뱀 그림을 보고 사람들이 모자라고 말하는 장면 • 어린 왕자가 장미를 보살피다 장미에게 상처를 받고 여행을 떠나는 장면 • 어린 왕자가 지구에서 여우와 이야기하면서 장미가 얼마나 소중한지 알게 되는 장면	

이해력 1. 어린 왕자는 자기에게 가장 소중한 것이 무엇이라고 깨달았나요? (   )

①
여우

②
장미

③
조종사

④
어린이

분석력 2. 글쓴이는 자기의 경험을 이 책의 내용과 연관시켜서 독서 카드에 썼습니다. 독서 카드에 더 넣을 수 있는 감상 내용이 <u>아닌</u> 것은 무엇인가요? (   )

① "어린 왕자"를 읽고 결심한 내용
② "어린 왕자"의 배경을 설명한 내용
③ 나에게 소중한 사람이 누구인지 깨달은 내용
④ 나라면 장미와 어떻게 지냈을지에 대한 내용

논술 3. 이 독서 카드를 보고 어떤 생각이나 느낌이 들었나요? 보기 처럼 두 가지를 써 보세요.

4주 1일
학습 끝!

붙임 딱지 붙여요.

보기

(1) 내게 가장 소중한 것이 무엇인지 찾아봐야겠다.
(2) 친구에게 상처 주었던 말이 있었는지 생각해 봐야겠다.

(1) ....

(2) ....

일반적인 형식의 독서 감상문 1

"가방 들어 주는 아이"를 읽고

지난 토요일에 "가방 들어 주는 아이"라는 책을 읽었어요. 학교 도서관에서 빌린 건데 선생님이 재미있다고 하셔서 읽어 보았어요.

영택이는 다리에 장애가 있어서 항상 목발을 짚고 다녀요. 선생님은 영택이를 도와주기 위해 영택이와 가까이 사는 석우에게 집에 갈 때 영택이의 가방을 들어 주라는 특별 임무를 맡겼어요.

석우는 걷는 게 불편한 영택이와 집에 가는 길이 짜증 나고 힘들었어요. 친구들과 놀지도 못하고, 어떨 때는 친구들의 놀림까지 받기도 했거든요.

그러나 영택이를 도와주면서 동네 어른들의 칭찬을 받게 되고, 영택이의 진심 어린 감사에 석우의 마음이 조금씩 움직이기 시작했어요. 그렇게 마음을 연 석우는 영택이를 진심으로 도와주며 서로 단짝 친구가 되었어요.

나는 지금까지 장애를 가진 사람을 보면 피하기만 했는데, 이 책을 읽고 앞으로는 피하지 않고 도움이 필요하면 도와주어야겠다고 다짐했어요.

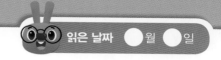
이해력 **1.** 이 글은 "가방 들어 주는 아이"를 읽고 쓴 독서 감상문입니다. 이 독서 감상문을 통해 알 수 있는 "가방 들어 주는 아이"의 중심 내용은 무엇인가요? (   )

① 석우와 영택이가 싸우다가 화해하는 내용

② 친구들이 장애가 있는 영택이를 괴롭히다가 반성하는 내용

③ 석우가 장애가 있는 영택이를 도와주며 생각이 바뀌는 내용

④ 힘센 석우가 장애가 있는 영택이를 스스로 도와주며 보람을 느끼는 내용

분석력 **2.** 이 독서 감상문에는 책의 줄거리와 함께 다음 내용이 담겨 있습니다. 이 글을 읽고 빈칸에 쓰세요.

(1) | 책을 읽게 된 까닭 |

(2) | 느낀 점 |

논술 **3.** 제목은 글의 중심 내용이 잘 드러나게 정하는 것이 좋습니다. 다음과 같은 방법을 이용하여 "가방 들어 주는 아이"를 읽고 쓴 독서 감상문의 제목을 써 보세요.

방법	정한 제목
(1) 감동받은 부분을 떠올리며	마음의 장애를 없애는 책을 읽고
(2) 주인공이나 등장인물의 특징을 생각하며	
(3) 중요한 사건을 이용하여	

115

마음의 장애를 반성하게 하는 "가방 들어 주는 아이"

"가방 들어 주는 아이"를 읽으니 문득 1학년 때 같은 반이었던 경규 생각이 났다. 경규는 귀가 잘 안 들려서 한쪽에 늘 보청기를 끼고 다녔다.

경규는 말도 잘 못해서 친구들과 같이 놀고 싶을 때면 무작정 끼어들고, 화가 나면 자꾸 때려서 아이들은 경규를 좋아하지 않았다. 나 역시 경규가 내 근처로 오면 슬슬 피하고 도망쳤다.

그런데 "가방 들어 주는 아이"를 읽으며 내가 참 잘못했다는 생각이 들었다. 장애는 나쁘거나 무섭거나 더러운 게 아닌데 무조건 경규를 피하기만 했기 때문이다. 경규를 도와주며 가깝게 지냈다면 나도 석우처럼 따뜻하고 넓은 마음을 가진 아이가 되었을 텐데…….

장애가 조금 있다고 친구를 멀리하고 피했던 내가 오히려 마음의 장애를 가진 아이가 아닐까? 경규에게 미안한 마음이 들었다.

이해력 1. "가방 들어 주는 아이"의 등장인물과 글쓴이의 경험 속 인물들을 닮은 사람끼리 짝 지어 놓았습니다. 어떤 점이 닮았는지 줄로 이으세요.

(1) 영택   경규   •

• ㉠ 신체적으로 장애가 있음.

(2) 석우   나(글쓴이) •

• ㉡ 장애가 있는 친구에게 마음을 열기 시작함.

분석력 2. 이 독서 감상문의 특징을 모두 고르세요. (   )

① 느낀 점을 중점적으로 썼습니다.
② 자신의 경험이 드러나게 썼습니다.
③ 책의 줄거리를 중점적으로 썼습니다.
④ 책을 읽고 느낀 점을 독서 감상문의 제목으로 붙였습니다.

논술 3. 이 독서 감상문의 특징을 생각하며 114쪽의 독서 감상문과 다른 점을 [보기] 처럼 써 보세요.

보기   앞의 독서 감상문은 줄거리를 중심으로 썼고,
        이 독서 감상문은 글쓴이의 느낌을 중심으로 썼습니다.

일기 형식의 독서 감상문 1

20○○년 ○월 ○일 수요일	날씨: 맑음
제목:	

"행복한 왕자"를 읽었다. 처음에는 이 책을 읽을까 말까 고민했는데, 누나가 계속 책만 읽고 나랑 놀아 주지 않아서 읽기 시작했다.

그런데 생각했던 것보다 무척 재미있었다. 자기의 몸에 있던 온갖 보석을 불쌍한 사람들에게 나누어 준 행복한 왕자. 따뜻한 남쪽 나라로 가지 않고 추위에 떨면서도 왕자를 도와준 제비. 이 둘의 모습이 정말 감동적이었다. 행복한 왕자와 제비의 아름다운 우정을 볼 때에는 마음이 기뻤지만, 마지막에 제비가 죽었을 때에는 마음이 무척 아팠다. 죽지 않고 살았다면 얼마나 좋았을까? 그래도 가난한 사람들을 도와준 행복한 왕자와 제비는 하늘 나라에서 행복하게 살고 있겠지?

나도 행복한 왕자와 제비처럼 앞으로 좋은 일을 많이 해야겠다. 그래서 우선 엄마 말을 잘 듣기로 결심했다.

1. 이 독서 감상문에 붙일 제목으로 알맞은 것은 무엇인가요? (   )

① 행복한 왕자의 보석

② 하늘 나라에 가려면

③ 행복한 왕자와 제비의 사랑

④ 행복한 왕자와 제비의 아름다운 마음

2. 독서 감상문은 일기 이외에도 편지글, 광고, 독서 신문 등 여러 가지 형식으로 쓸 수 있습니다. 이렇게 독서 감상문의 형식을 정할 때에 생각할 점이 <u>아닌</u> 것은 무엇인가요? (   )

① 읽는 사람이 누구인지 생각합니다.

② 제목을 알맞게 정할 수 있는지 생각합니다.

③ 자신의 생각이나 느낌을 잘 나타낼 수 있는지 생각합니다.

④ 독서 감상문을 쓰는 까닭이 잘 나타날 수 있는지 생각합니다.

3. 이 독서 감상문의 내용을 정리하려고 합니다. 빈칸에 알맞은 내용을 정리해서 써 보세요.

감동받은 내용	
등장인물이나 사건에 대한 감상	행복한 왕자와 제비의 우정을 볼 때에는 마음이 기뻤지만, 제비가 죽었을 때에는 마음이 아팠다.
결심	

4주 2일 학습 끝!

붙임 딱지 붙여요.

119

일기 형식의 독서 감상문 2

20○○년 ○월 ○일 일요일	날씨: 흐림
제목: 사람들과 나누는 기쁨을 깨달으며	

　엄마와 아빠가 집에 늦게 오시는 날은 괜히 짜증이 난다. 할머니가 이런 내 마음을 아셨는지, 저녁을 먹은 뒤 내가 좋아하는 백석 시인의 시 '준치 가시'를 읽어 주셨다.

　"준치는 옛날엔 / 가시 없던 고기 / 준치는 가시가 / 부러웠네."

　원래 가시가 없던 준치가 다른 물고기들이 꽂아 준 가시 때문에 가시 많은 물고기가 되었다는 내용은 언제 들어도 감동적이다. 가시가 많아져서 돌아가려는 준치를 붙잡으며 꼬리에 계속 가시를 꽂아 주는 장면에서는 많은 물고기들의 따뜻한 마음이 느껴졌다.

　이제 물고기들의 따뜻한 마음 때문에 가시가 많아진 준치를 먹으며 가시가 많다고 투정하지 말아야겠다. 그리고 친구가 내 물건을 빌려 달라고 하면 싫다고 했었는데 앞으로는 사이좋게 나누어 써야겠다.

1. 이 독서 감상문에 있는 감상 부분을 정리하면 다음과 같습니다. 빈칸에 알맞은 내용을 쓰세요.

감동받은 내용	원래 가시가 없던 준치가 다른 물고기들이 꽂아 준 가시 때문에 가시 많은 물고기가 되었다는 내용
앞으로의 결심	

 2. 다음 중 준치와 사는 곳이 같은 동물은 어느 것인가요? (   )

| ① 참새 | ② 늑대 | ③ 밴댕이 | ④ 달랑게 |

3. 위의 1번에서 정리한 감상 부분을 동시로 표현해 보세요.

편지글 형식의 독서 감상문 1

이순신 장군님께

　장군님, 안녕하세요? 저는 초등학교 3학년 남궁현이에요.

　얼마 전 광화문 광장에 갔다가 장군님 동상을 보고 장군님이 어떤 분인지 무척 궁금해졌어요. 그래서 집으로 돌아오는 길에 도서관에 들러 장군님의 업적과 삶이 담겨 있는 책을 찾아 읽었어요.

　어린 시절 이야기부터 나라가 위험해질 것을 대비해 거북선을 만든 이야기, 그리고 임진왜란 때 왜군을 물리친 이야기까지, 장군님은 어느 것 하나 훌륭하지 않은 게 없었어요.

　저는 훌륭한 군인이 되는 게 꿈인데, 장군님에 비하면 준비하는 자세와 용기, 나라를 사랑하는 마음이 아직 부족한 것 같아요. 앞으로 더 많이 노력해서 우리나라를 지키는 훌륭한 군인이 될게요.

　장군님의 뒤를 이을 위대한 군인의 탄생, 꼭 지켜봐 주세요.

20○○년 ○월 ○일

남궁현 올림

이해력 1. 이 글은 글쓴이가 이순신 장군의 업적과 삶이 담겨 있는 책을 읽고 쓴 독서 감상문입니다. 글쓴이가 읽은 책은 어느 것일까요? (   )

① 이순신 장군의 위인전
② 이순신 장군이 쓴 일기
③ 거북선의 뛰어남을 설명한 책
④ 이순신 장군의 모습이 그려진 그림책

분석력 2. 이 글은 편지글 형식의 독서 감상문입니다. 편지의 형식 중 빈칸에 들어갈 내용을 이 글에서 찾아 쓰세요.

| 받을 사람 → | 첫인사 → | 하고 싶은 말 → | 끝인사 → | 쓴 날짜 → | 보내는 사람 |

받을 사람	첫인사		끝인사		보내는 사람
			장군님의 뒤를 이을 위대한 군인의 탄생, 꼭 지켜봐 주세요.		

논술 3. 글쓴이가 이순신 장군에 대한 책을 읽고 느낀 점이 잘 드러나도록 '이순신 장군' 다섯 글자로 오행시를 지어 보세요.

이

순

신

장

군

편지글 형식의 독서 감상문 2

백구에게

　백구야, 안녕? 나는 경기도 양주에 사는 박병율이라고 해.

　우연히 "백구"라는 책을 읽고 지난 여름에 죽은 우리 집 강아지 티끌이가 생각나서 너에게 편지를 써.

　티끌이는 너처럼 덩치는 크지 않았지만, 순하고 착한 강아지였어. 그리고 자동차에 치여 목숨을 잃었어. 너와 많이 닮았지?

　티끌이가 죽던 날, 나는 너무너무 슬퍼서 펑펑 울었단다. 형제가 없는 나는 집에 오면 티끌이와 노는 게 가장 즐거웠거든. 티끌이와 공원에서 달리기를 할 때면 신이 나서 시간 가는 줄 몰랐어.

　"백구"를 읽는 내내 티끌이가 보고 싶어 눈물이 났어. 백구야, 하늘 나라에서 티끌이를 만나면 사이좋게 지내렴. 내가 보고 싶다고도 말해 줘.

　그럼, 안녕!

20○○년 ○월 ○일

병율이가

이해력 **1. 이 독서 감상문에 담겨 있지 <u>않은</u> 내용은 무엇인가요? (   )**

① 자기소개   ② 티끌이에 대한 생각

③ 백구를 통해 얻은 교훈   ④ 티끌이와 얽힌 나의 경험

분석력 **2. 이 독서 감상문을 읽고, '백구'에 대해 알 수 있는 내용이 <u>아닌</u> 것은 어느 것인가요? (   )**

① 백구는 덩치가 큽니다.

② 백구는 티끌이와 친구입니다.

③ 백구는 성격이 순하고 착합니다.

④ 백구는 자동차 사고로 죽었습니다.

논술 **3. 이 독서 감상문을 일기 형식의 독서 감상문으로 바꾸어 써 보세요.**

20___년 ___월 ___일   날씨:_____

제목:

권정생 선생님 작품
"길 아저씨 손 아저씨" 드디어 나왔습니다!

"강아지똥"의 작가 권정생 선생님의 또 다른 작품 "길 아저씨 손 아저씨"가 나왔습니다. 나누고 베푸는 협동에 관한 이야기입니다.

할머니가 들려주시던 옛이야기처럼 구수하고 푸근한 이야기가 담겨 있습니다. 특히 편안하고 정겨운 그림은 읽는 사람의 눈과 마음을 사로잡습니다.

어린이가 서로 도우며 사는 아름다운 마음을 가진 어른으로 자라길 바라신다고요? 그렇다면 앞이 보이지 않는 손 아저씨와 다리가 불편한 길 아저씨가 서로의 눈과 다리가 되어 살아가는 내용이 담긴 이 책을 어린이에게 꼭 선물해 보세요. 어린이의 마음이 아름다워질 것입니다.

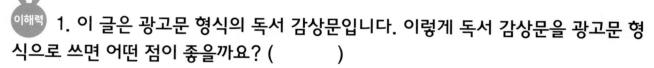

🐰 이해력 1. 이 글은 광고문 형식의 독서 감상문입니다. 이렇게 독서 감상문을 광고문 형식으로 쓰면 어떤 점이 좋을까요? (   )

① 등장인물의 마음을 이해하는 데 도움이 됩니다.

② 책의 좋은 점이 잘 드러나게 정리할 수 있습니다.

③ 자기의 경험과 관련지어 책의 내용을 정리할 수 있습니다.

④ 자기의 생각이나 느낌을 짧고 리듬 있게 표현할 수 있습니다.

🐰 이해력 2. "길 아저씨 손 아저씨"를 통해 더불어 살아가는 데 필요한 마음 자세를 배울 수 있습니다. 그것은 다음 중 무엇일까요? (   )

① 자기의 단점을 숨기려는 자세

② 자기의 잘못을 반성하는 자세

③ 자기의 장점을 뽐내며 도와주는 자세

④ 서로의 부족한 것을 채울 수 있도록 도와주는 자세

🐰 논술 3. B4권 2주차에 실린 '멸치 대왕의 꿈'을 읽고 광고문 형식의 독서 감상문을 쓰려고 합니다. 사람들의 흥미와 관심을 끌 수 있도록 빈칸에 써 보세요.

(1) 광고문의 제목 : ....

(2) 이 글의 좋은 점 : ....

(3) 이 글을 읽도록 권하고 싶은 사람 : ....

독서 신문 형식의 독서 감상문

쫀이의 독서 신문

발행처 준이 가족   발행일 20○○년 ○월   발행인 강준, 강밝음

★ 이 생각·저 생각

거인의 보물을 훔쳐 온 잭의 행동은 잘못!

저는 잭이 거인의 보물을 몰래 훔친 건 잘못된 행동이라고 생각합니다. 그 보물이 원래 잭의 아버지 것이었다고 해도 훔치는 건 나쁜 행동이기 때문입니다.

잭이 정정당당하게 거인에게 말하고 보물을 돌려받는 게 옳은 행동이었다고 생각합니다.

지금이라도 잭이 거인에게 보물을 돌려주었으면 좋겠습니다.

★ 말·말·말

안녕, 나는 "잭과 콩나무"에 등장하는 잭이라고 해.

나는 엄마가 내다 팔라고 준 소를 콩 하나와 맞바꾼 아이란다. 그런데 땅에 그냥 던져두었더니 하루 만에 이렇게 큰 콩나무가 자랐지 뭐니.

정말 신기하지? 이 콩나무를 타고 올라가면 하늘 위에 있는 거인의 집에 갈 수 있어. 나는 거인의 집에서 원래 우리 아빠 것이었던 금화, 황금 알을 낳는 닭, 말하는 하프를 가져오려고 해. 앞으로 내 활약을 기대해 줘.

★ 퀴즈! 퀴즈!

잭이 거인의 집에서 가져온 보물 세 가지를 모두 찾아 ◯표 하세요.

128

정답: 금화, 황금 알을 낳는 닭, 말하는 하프

이해력 **1.** 이 글은 "잭과 콩나무"를 읽고 독서 신문 형식으로 쓴 독서 감상문입니다. 독서 신문 형식으로 독서 감상문을 쓰면 어떤 점이 좋을까요? (   )

① 책에 대한 내용과 생각 등을 노랫말로 표현할 수 있습니다.

② 책에 대한 내용과 생각 등을 짧은 문장으로 표현할 수 있습니다.

③ 책에 대한 내용과 생각 등을 재미있는 대사로 나타낼 수 있습니다.

④ 책에 대한 내용과 생각 등을 여러 가지 형식으로 다양하게 나타낼 수 있습니다.

이해력 **2.** 이 독서 감상문을 통해 알 수 있는 내용이 <u>아닌</u> 것은 무엇인가요? (   )

① 잭은 거인의 집에서 보물들을 훔쳐 왔습니다.

② 잭이 훔친 보물은 원래 잭의 아버지 것이었습니다.

③ 잭의 콩은 한 달이 지난 뒤에야 싹이 나고 자랐습니다.

④ 잭은 시장에 내다 팔아야 할 소를 콩 하나와 바꾸었습니다.

논술 **3.** '쭌이의 독서 신문'에 추가하고 싶은 지면과 그곳에 넣을 기사 내용을 보기 처럼 써 보세요.

> 보기 • 지면 이름: 궁금해요
> • 제목: 콩나무에 숨은 비밀을 밝혀라!
> • 내용: 콩 한 알이 하루 만에 하늘까지 닿을 만큼 자랄 수 있는 까닭을 밝힌 기사와 유명한 과학자들의 인터뷰

(1) 지면 이름:

(2) 제목:

(3) 주요 내용:

그림책 형식의 독서 감상문

표지

백성을 사랑한 세종 대왕

책의 맨 뒷면

세종 대왕은 백성들을 사랑하여 배우기 쉽고,
쓰기 쉬운 한글을 만들었어요.
또 백성들 생활에 큰 도움이 되도록
과학 기술도 발전시켰지요.
백성을 마음 깊이 사랑한 세종 대왕의
높은 뜻을 이어받읍시다.

속지 1

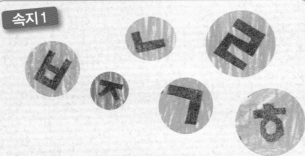

"백성들은 왜 고통을 받을까?"
백성들이 행복하게 사는 나라를 만들
고 싶었던 세종 대왕은 백성들이 글자
를 모르는 게 안타까웠어요.
"한자는 어려워서 백성들이 배우기 힘
드니 쉽게 배우고 익힐 수 있는 글자를
만들자."
오랜 연구 끝에 세종 대왕은 마침내 한
글을 만들었습니다.

속지 2

세종 대왕은 백성들을 위해 과학 기술
도 발전시켰어요.

비의 양을 재는 측우기와 그림자의 위
치와 길이로 시간을 재는 해시계, 물로
시간을 재는 물시계 등의 과학 기구를
만들게 했지요. 세종 대왕은
백성을 진심으로 사랑하고
아낀 훌륭한 왕입니다.

그래서 저도 세종 대왕처럼
훌륭한 일을 하는 사람
이 되어야겠다고 다짐
하였습니다.

분석력 1. 이 글은 세종 대왕 위인전을 읽고 그림책 형식으로 쓴 독서 감상문입니다. 이런 형식의 독서 감상문을 쓴 까닭은 무엇일까요? (   )

① 한글이 만들어진 과정을 설명하기 위해서

② 책에 대한 내용과 느낌을 광고하기 위해서

③ 책의 내용과 감상을 그림과 함께 정리하기 위해서

④ 세종 대왕 때 만들어진 과학 발명품을 설명하기 위해서

이해력 2. 다음 중 세종 대왕 때 만들어진 과학 발명품이 <u>아닌</u> 것은 어느 것인가요?

(   )

① 측우기

② 해시계

③ 거중기

논술 3. 한글날을 맞이하여 세종 대왕 특별 인터뷰를 학교 신문에 실으려고 합니다. 이 독서 감상문을 참고하여 세종 대왕의 답변을 상상하여 써 보세요.

 세종 대왕님, 백성들이 쉽게 배우고 쓸 수 있는 한글을 어떻게 생각해 내셨나요?

 _____

_____

 아, 그러셨군요. 백성을 사랑하신 세종 대왕님의 마음이 담긴 한글, 앞으로 우리 어린이들이 많이 아끼고 사랑하겠습니다.

4주 4일
학습 끝!

붙임 딱지 붙여요.

되돌아봐요

| 독서 감상문을 쓰면 좋은 점이 <u>아닌</u> 것은 어느 것인가요?

( )

① 글을 쓰는 능력이 길러집니다.
② 책의 내용을 모두 적을 수 있습니다.
③ 생각과 느낌을 표현하는 능력이 길러집니다.
④ 다른 사람에게 내가 읽은 책을 소개할 수 있습니다.

2 여러분이 감명 깊게 읽은 책을 생각하며 빈칸에 알맞게 정리해 보세요.

책 제목	지은이	등장인물	중심 생각

3 독서 감상문은 여러 가지 형식으로 쓸 수 있습니다. 다음 중 여러분이 위에서 쓴 책을 어떤 형식의 독서 감상문으로 쓰고 싶은지 ◯표 하세요.

| 일기 | 광고 | 동시 | 편지글 |

4 3에서 그런 형식을 고른 까닭이 무엇인지 써 보세요.

5 여러분이 감명 깊게 읽은 책에 대한 독서 감상문을 쓰기 전에, 다음 내용을 정리해서 빈칸에 쓰세요.

(1) 책을 읽게 된 까닭	
(2) 재미있거나 감동받은 내용	
(3) 생각이나 느낌	

6 위에서 정리한 내용을 바탕으로 여러분이 선택한 형식의 독서 감상문을 써 보세요.

궁금해요

신나는 독후 활동을 해 봐요

1. 독후 활동과 독서 감상문이란 무엇인가요?

'독후 활동'은 책을 읽은 뒤 책의 내용과 중심 생각 등을 이용해 다양한 활동을 하는 것입니다. 독서 감상문을 쓰는 것도 독후 활동의 한 방법입니다. '독서 감상문'이란 책을 읽고 자기의 생각이나 느낌을 적은 글입니다. 이렇게 책을 읽고 난 다음 글로 표현하는 활동이 독서 감상문 쓰기입니다.

2. 독후 활동을 하는 이유는 무엇인가요?

• 책의 내용을 더 잘 기억할 수 있습니다.

• 책의 내용을 더 깊게 생각할 수 있습니다.

• 주변 사람들과 책에 대한 의견을 나누며 서로의 생각을 알 수 있습니다.

3. 독서 감상문은 어떻게 쓸까요?

• 제목을 붙입니다. 읽은 책의 이름을 쓰는 것이 일반적이지만 책의 내용, 책에 대한 느낌 등이 잘 드러나게 붙일 수도 있습니다.

예 "가방 들어 주는 아이"를 읽고 / 마음의 장애를 반성하며

• 책을 읽게 된 까닭이나 책을 대했을 때의 첫 느낌을 씁니다.

예 인도네시아의 소수 민족 찌아찌아족이 한글을 표기 문자로 사용한다는 뉴스를 보고 한글을 만든 세종 대왕님에 대해서 알아보기 위해 책을 찾아 읽었습니다.

• 자기의 생활 경험을 곁들여 씁니다.

예 이 책을 읽으니 문득 1학년 때 같은 반이었던 경규가 생각났습니다.

• 재미있거나 감동받은 부분을 씁니다.

예 자기 몸에 있던 보석을 불쌍한 사람들에게 나누어 주는 행복한 왕자와 이런 왕자를 도와주는 제비의 모습이 감동적이었습니다.

4. 독서 감상문 이외에 재미있는 독후 활동에는 어떤 것들이 있나요?

• 주인공과 인터뷰하기 책에 등장한 인물에게 묻고 싶은 것을 기자가 된 것처럼 가상으로 인터뷰하여 글이나 그림으로 나타냅니다.

왕자님, 왜 불쌍한 사람들에게 왕자님의 모든 것을 주었나요?

남들이 보면 바보 같다고 하겠죠? 하지만 사랑을 하면 그것도 행복해요. 부모님이 자녀들에게 모든 것을 주고도 더 주고 싶듯이 저도 백성을 사랑했기 때문에 모든 것을 줄 수 있었답니다.

• 독서 인물 카드 만들기 읽은 책 중 친구들에게 소개하고 싶은 주인공을 떠올리며 주인공의 모습을 그리거나, 생김새, 성격, 행동 등을 소개하는 글을 씁니다.

엔리코는 올해 4학년이 되었습니다.
일기를 잘 쓰고 마음이 따뜻한 아이입니다.

※ 이 외에도 뒷이야기 상상하기, 마인드맵 그리기, 삼행시 짓기 등 다양한 활동이 있어요.

✏️ 위에서 소개한 독후 활동 이외에도 책의 주요 내용을 문제로 만들어서 친구들과 함께 독서 퀴즈 대회를 할 수도 있습니다. 다음 문제의 정답을 써 보세요.

심청이는 왜 인당수에 빠졌나요? →

내가 할래요

"강아지똥"을 읽고 독서 감상문을 써 봐요

다음은 "강아지똥"의 줄거리입니다. 이 줄거리를 참고하여 여러분의 생각과 느낌이 잘 드러나도록 동시 형식의 독서 감상문을 써 보세요.

돌이네 흰둥이가 골목길에 똥을 누었어요. 날아가던 참새 한 마리가 다가와 콕콕 쪼더니 "에잇 더러워." 하고 날아갔지요. 강아지똥은 서러워 눈물이 났어요.

강아지똥 옆에 있던 흙덩이는 아기 고추를 살려 내지 못해 주인 아저씨에게 버림받았다고 말했어요. 하지만 잠시 뒤 주인 아저씨가 실수로 떨어뜨린 흙덩이를 가져갔어요.

강아지똥은 혼자서 쓸쓸히 겨울을 보내고 봄을 맞았지요.

봄이 되자 닭과 병아리들이 다가왔다가 '찌꺼기만 남은 강아지똥'이라며 멀리 가 버렸어요.

얼마 뒤 강아지똥 옆에 민들레 싹이 돋아났어요. 민들레 싹은 강아지똥에게 거름이 되어 달라고 부탁했어요.

강아지똥은 자기의 몸을 부숴 민들레 안으로 들어가 예쁜 꽃봉오리를 맺게 해 주었어요.

확인할 내용	잘함	보통임	부족함
1. 이번 주 학습을 5일(월요일~금요일) 안에 끝마쳤나요?			
2. 독서 감상문의 다양한 형식을 알고 있나요?			
3. 독서 감상문에 들어가는 내용을 알고 있나요?			
4. 독서 감상문을 잘 쓸 수 있나요?			

4주
학습 끝!

전하는 말

1주 행복한 왕자

1주 10쪽 생각 톡톡

예 항상 웃으며 즐겁고 행복하게 사는 왕자일 것이라는 생각이 들었습니다.

1주 13쪽

1 ① 2 ③ 3 해설 참조

1 ①은 로댕의 '생각하는 사람'이라는 조각상입니다. ②는 고흐의 '해바라기', ③은 쇠라의 '그랑드 자트 섬의 일요일 오후', ④는 모네의 '세발자전거를 타는 아이'입니다.

3 동화 속 등장인물들은 서로 도움을 주고받으며 관계를 맺습니다. 행복한 왕자와 제비의 관계가 어떻게 발전할지 생각해 봅니다.
예

	행복한 왕자	제비
움직임	움직일 수 없다.	움직일 수 있다.
몸집	크다.	작다.
이동	따뜻한 곳으로 떠날 필요가 없다.	따뜻한 곳으로 떠나야 한다.

앞으로 벌어질 일
제비가 행복한 왕자를 도와주다가 따뜻한 곳으로 떠나지 못할 것이다.

1주 15쪽

1 ① 2 ② 3 예 개구리가 폴짝 뛰어오르는

2 제비는 봄에 우리나라에서 처마 밑에 집을 짓고 살다가 가을에 인도, 태국, 베트남 등의 따뜻한 나라로 가서 겨울을 보냅니다.

3 우리의 몸은 다양한 소리나 모습을 표현할 수 있습니다. 개구리의 모습을 통해 무엇을 알 수 있는지 생각해 봅니다.

1주 17쪽

1 ④ 2 ④ 3 예 불쌍한 사람들이 이 도시에 이렇게 많은데 난 왜 몰랐을까?

1 행복한 왕자가 살아 있었을 때는 모든 사람들이 행복한 줄 알았는데, 죽어서야 가난하고 불쌍한 사람들이 많다는 사실을 알고 슬퍼했습니다.

3 살아 있었을 때의 왕자의 상황과 동상이 되었을 때의 왕자의 상황이 어떻게 달라졌는지를 생각해 봅니다.

1주 19쪽

1 (1) ⓒ (2) ⓛ (3) ㉠ 2 오렌지 3 예 미안하구나, 우리 집에는 오렌지가 없단다. / 오렌지를 살 돈이 없기 때문이란다.

1 풀이하는 문장은 어떤 사실을 설명하거나 풀이할 때에 씁니다. 문장의 끝에는 마침표(.)를 씁니다. 감탄을 나타내는 문장은 기쁨, 놀람, 슬픔 등의 느낌을 나타낼 때에 씁니다. 문장의 끝에는 느낌표(!)를 씁니다. 묻는 문장은 궁금한 것을 직접 물을 때에 씁니다. 문장의 끝에는 물음표(?)를 씁니다.

3 아이의 물음에 대하여 엄마가 어떻게 대답할지 생각해 봅니다.

1주 21쪽

1 ③ 2 철새 3 예 왕자님, 저와 엄마를 위해 루비를 주셔서 정말 고맙습니다. 이제 엄마는 밤 늦도록 일하지 않아도 되고, 우리 집에는 음식도 많아졌어요. 그리고 제게 날갯짓을 해 준 제비에게도 고맙다는 말을 전해 주세요. 왕자님의 따뜻한 마음을 잊지 않고, 저도 어려운 사람들을 도울 줄 아는 사람이 되겠습니다.

3 도움을 받은 아이가 어떠한 마음으로 편지글을 쓸지 내용을 상상해 봅니다.

1주 23쪽

1 ④ 2 날개, 부리, 깃털 3 예 안 돼요. 지금 이곳을 떠나지 않으면 전 얼어 죽을지도 몰라요. 왕자님이 불쌍한 사람들을 돕고 싶다면 봄에 제가 다시 와서 도와드릴게요. 그때는 지금보다 더 오래, 그리고 많이 도와드릴 테니 몇 달만 기다려 주세요.

2 조류는 날개가 있어 날 수 있으며, 부리로 음식을 먹거나 물건을 움켜쥡니다. 몸에는 깃털이 나 있습니다.

3 행복한 왕자를 설득하려면 제비가 떠나야 하는 까닭을 논리적으로 써야 합니다.

1주 25쪽

1 희곡 2 해설 참조 3 예 간절한 마음, 간절히 부탁하는 목소리

2

3 사람들은 감정 변화에 따라 얼굴 표정과 목소리가 달라집니다. 등장인물의 입장이 되어 마음을 담아 대사를 읽어 봅니다.

1주 27쪽

1 ④ 2 ④ 3 예 제비야, 오늘 하룻밤만 더 나를 도와주렴. 지금 저 아래 광장에는 성냥을 파는 소녀가 성냥을 물웅덩이에 떨어뜨리고 울고 있단다. 돈을 벌지 못하고 집에 돌아가면 소녀는 아빠에게 혼이 나고 밥도 굶게 될 거야. 제비야, 오늘만 더 나를 도와다오.

1 행복한 왕자는 사람들을 돕고 싶은데 움직일 수 없고, 제비는 움직일 수 있기 때문입니다.

2 누군가에게 부탁의 말을 할 때에는 상대방의 반응을 생각하며 부드럽고 조심스러운 자세로 말해야 합니다.

3 부탁하는 글을 쓸 때에는 받을 사람의 기분이 상하지 않도록 예의 바르게 부탁하는 내용을 써야 합니다.

1주 29쪽

1 ② 2 ④ 3 예 "성냥을 물웅덩이에 떨어뜨리는 바람에 하나도 팔지 못했어요." 소녀의 말에 아버지는 버럭 화를 냈어요. "그럼 오늘 번 돈이 하나도 없단 말이냐?" "죄송해요. 그런데 제비가 저에게 이걸 주고 갔어요." 아버지는 소녀가 내민 사파이어를 보고 깜짝 놀랐어요. 다음 날 아버지는 사파이어를 팔아 큰돈을 벌었어요. 제비가 준 사파이어 덕분에 성냥팔이 소녀의 가족은 오래도록 행복하게 살았답니다.

3 성냥팔이 소녀의 상황과 사파이어의 가치를 생각해 뒷이야기를 자연스럽게 이어 씁니다.

1주 31쪽

1 ③ 2 황금 3 해설 참조

3 **예**

제목	무시무시한 피라냐
내용	피라냐는 이빨이 강하고 날카로워 다른 물고기는 물론 하천을 건너는 소나 양 등을 습격하여 잡아먹는 물고기이다. 몸의 길이는 20~30센티미터이며 물 밑에서 무리를 지어 살며 성질이 무척 난폭하다.
나의 생각	작은 물고기가 물고기나 소, 양 등을 잡아먹을 수 있다는 사실이 놀라웠다.

1주 33쪽

1 ② 2 ④ 3 **예** 제비야, 정말 미안해. 너는 나를 위해 목숨까지 주었구나. 만약 내가 잡지 않았다면 너는 죽지 않았을 텐데, 내 마음이 무척 아프단다. 제비야, 하늘 나라에서는 지금보다 더 행복하게 지내렴.

2 테레사 수녀는 1950년 인도 콜카타에서 사랑의 선교 수녀회를 설립하였습니다. 이후 사랑의 선교 수녀회를 통해 빈민과 병자, 고아 등을 돌보며 일생을 바쳤습니다.

3 제비의 죽음을 보는 행복한 왕자의 마음이 어떠했을지 생각해 봅니다.

1주 35쪽

1 ① 2 ②, ④ 3 ㉠ 따뜻한 마음 ㉡ 어려운 이웃을 생각하는 마음(㉠, ㉡의 순서가 바뀌어도 됨.)

3 행복한 왕자와 제비가 중요하게 여긴 것은 어려운 이웃을 도와주는 따뜻한 마음입니다.

1주 36~37쪽 되돌아봐요

1 (1) 가난한 엄마와 아들 (2) 희곡을 쓰는 가난한 젊은이 (3) 성냥팔이 소녀 (4) 가난한 아이들 (5) 하늘 나라 2 ② 3 **예** 행복한 왕자님에게 / 저는 왕자님이 가난한 사람들을 위해 자신이 가진 모든 것을 주는 모습이 이상했어요. 하지만 왕자님의 도움으로 사람들이 행복해지는 모습을 보니 왕자님이 얼마나 훌륭한 일을 하는지 알게 되었지요. 앞으로 저도 어려운 사람들을 도와주는 사람이 될게요.

2 이 글은 자기희생을 통해 세상을 아름답게 만든 행복한 왕자와 제비의 사랑과 봉사 정신을 보여 줍니다.

3 등장인물 중 기억에 남는 사람에게 내 생각이나 느낌을 씁니다.

1주 39쪽 궁금해요

✏️ **예** 돌로 만든 할아버지라는 뜻으로, 제주도에서 사람들을 지켜 준다고 믿는 돌하르방이 있습니다.

● 내가 직접 보았거나 주위에서 들은 이야기, 자료 등을 찾아봅니다.

1주 41쪽 내가 할래요

● **예** 황금: 살 집이 없어서 가족과 떨어져 사는 사람에게 주고 싶어요. / 사파이어: 학생들에게 장학금을 주는 어른에게 주고 싶어요. / 다이아몬드: 고향에 가고 싶어도 돈이 없어서 못 가는 외국인에게 주고 싶어요. / 진주: 거리에서 사는 사람에게 주고 싶어요.

● 우리 주변에 있는 어려운 사람이나 도와주고 싶은 사람들을 생각해 봅니다.

2주 43쪽   생각 톡톡

예 몸집도 크고 머리가 좋아서 물고기들을 평화 롭게 다스릴 것 같은 돌고래가 임금님이 되었으 면 좋겠습니다.

2주 45쪽

1 ①   2 ②   3 예 이게 대체 무슨 꿈이지? / 참 으로 이상한 꿈이네.

3 등장인물의 말을 실감 나게 표현하려면, 인물 이 말하는 상황을 파악하고 감정이나 몸짓에 어울리는 말을 써야 합니다.

2주 47쪽

1 ④   2 ①   3 예 넓적이 / 가자미 몸이 넓적하 게 생겨서

3 넓적 가자미의 특징을 잘 살려 새로운 이름을 재미있게 지어 봅니다.

2주 49쪽

1 ④   2 ③   3 예 아이, 더 자고 싶은데 왜 심부 름을 시키는 거야. / 멸치 대왕님이 나를 찾으신 다니 어서 가야지.

1 '부리나케'는 서둘러서 아주 급하게라는 뜻으로 사용합니다.

3 마지못해 심부름을 하는 넓적 가자미와 기쁜 마음으로 따르는 낙지 선생의 마음이 잘 드러 나게 씁니다.

2주 51쪽

1 해설 참조   2 ②   3 예 갈치는 한국과 일본, 중국 등에 사는 물고기로, 은빛을 띤 흰색입니다. 몸통은 길고 비늘은 전혀 없습니다. 날카로운 이 빨을 가지고 있으며 작은 물고기나 오징어, 새우 등을 먹습니다.

1

3 주어진 내용을 이용해 갈치에 대해 설명하는 글을 이해하기 쉽게 씁니다.

2주 53쪽

1 ①   2 ①   3 예 제목: 마음이 아픈 날 / 그런데 모두 낙지 선생만 챙기고 나에게는 관심을 보이 지 않았다. 멸치 대왕님은 수고했다는 칭찬 한마 디 하지 않았다. 오늘은 모두에게 무척 서운하고 마음이 아픈 날이다.

2 넓적 가자미의 마음을 달래 주는 말을 해야 합 니다.

3 넓적 가자미의 마음을 헤아려서 화나고 서운한 느낌으로 일기를 씁니다.

2주 55쪽

1 ③   2 꼴뚜기   3 예 자기의 일을 먼저 생각합 니다. / 신하에 대한 고마움을 잘 모릅니다.

3 인물의 행동을 통해 성격을 파악하는 것은 이 야기를 이해하기 위해서 매우 중요합니다.

2주 57쪽

1② 2② 3 예 (1) 깜짝 놀라 당황한 표정 / 당황한 듯 목소리를 크게 높게 올린다. (2) 몹시 흥분된 표정 / 기쁜 듯 목소리를 밝고 높게 올린다.

2 ①은 유니콘, ③은 봉황입니다.

3 감정 변화에 따라 얼굴 표정과 목소리가 어떻게 달라지는지 직접 연습해 봅니다.

2주 59쪽

1③ 2③ 3 예 새가 되어 하늘 위를 자유롭게 돌아다닌다. / 눈이 내리는 날에 따뜻한 집에 들락날락해서 추웠다 더웠다 한다.

1 넓적 가자미는 화가 났는데, 멸치 대왕만 기분이 좋은 게 싫었기 때문입니다.

3 상상력을 발휘해서 자유롭고 재미있게 꿈을 풀이해 봅니다.

2주 61쪽

1① 2② 3 예 자네 무언가 단단히 화가 난 모양이군. 하지만 마음을 다스리지 못한 채 함부로 행동하면 안 되지. 일단 멸치 대왕님께 잘못했다고 빌고 자네가 무엇 때문에 화가 났는지 차분하게 얘기해 보게.

1 상황을 돌이킬 수 없다는 뜻의 속담이 이 장면에 어울립니다.

2 '붉으락푸르락하다'는 몹시 화가 나거나 흥분하여 얼굴빛 따위가 붉게 또는 푸르게 변한다는 뜻입니다.

3 넓적 가자미를 달래거나 충고하는 말을 생각해 봅니다.

2주 63쪽

1④ 2② 3 예 (2) 생선을 석쇠에 올려놓는다. (3) 생선에 소금을 뿌리고 불에 굽는다. (4) 생선이 타지 않도록 석쇠를 뒤집는다.

1 가스 불은 해몽에 나오지 않았습니다.

2 펄펄, 솔솔, 덜덜은 모양을 흉내 낸 의태어입니다. 구름은 명사입니다.

3 글을 꼼꼼히 읽고 생선 굽는 방법을 씁니다.

2주 65쪽

1④ 2④ 3 예 (1) 얼굴에 있던 눈을 떼어 엉덩이에 붙였습니다. (2) 화가 난 멸치 대왕에게 혹시라도 뺨을 맞아도 눈 돌아갈 일은 없게 하려고 그렇게 행동했습니다.

1 어떤 상황에서든 폭력을 사용하는 것은 잘못입니다.

2 '마음을 놓다'는 안심을 하다, 마음이 편하다는 뜻입니다.

3 꼴뚜기의 모습이 어떻게, 왜 변했는지를 생각해 봅니다.

2주 67쪽

1 (1) ⓒ (2) ⓛ (3) ㄱ 2④ 3 예 남의 불행을 보며 즐거워하면 나 역시 큰 불행을 당한다는 것이지요.

2 멸치 대왕의 해몽 소동으로 인해 물고기들의 모습이 이상하게 변했습니다.

3 모습이 이상하게 변한 물고기들이 어떤 깨달음을 얻었을지 생각해 봅니다.

2주 68~69쪽　되돌아봐요

1 (1) ㅁ　(2) ㄴ　(3) ㄱ　(4) ㄹ　(5) ㄷ　(6) ㅂ
2 ④　**3** ③　**4** 예 넓적 가자미 / 넓적 가자미에게 잘못이 없는 것은 아니지만, 그보다 먼저 넓적 가자미를 화나게 한 멸치 대왕과 꼴뚜기, 메기, 병어, 갈치가 반성해야 한다고 생각합니다. 넓적 가자미가 힘들게 낙지 선생을 데려왔는데도 아무도 넓적 가자미를 챙기지 않았기 때문입니다. 그래서 다른 물고기보다 넓적 가자미의 모습을 되돌려 주고 싶습니다.

1 왼쪽의 상황에 따라 어떤 일이 벌어졌는지 생각해 봅니다.
4 나의 생각을 솔직하고 논리적으로 씁니다.

2주 71쪽　궁금해요

✏ 예 상어. 상어가 정말로 사람을 잡아먹는 무서운 물고기인지 알고 싶습니다.

● 바닷속에 어떤 물고기가 있는지 먼저 알아보고 그중에 더 알아보고 싶은 물고기를 생각해 봅니다.

2주 73쪽　내가 할래요

● 예 고래는 콧구멍이 간지러워 참을 수가 없었어요. 마침내 고래는 '에취!' 하고 재채기를 했어요. 그 바람에 콧구멍 속에 있던 왕새우는 하늘로 날아가 멀리 있는 바위에 쿵! 부딪혔어요. 이때부터 새우는 구붓하게 휘어진 등을 갖게 되었답니다.

● 새우의 등이 구부러진 까닭이나 그 밖의 다양한 상황을 그림에 맞게 상상하여 뒷이야기를 이어 씁니다.

3주 물의 여행

3주 75쪽　생각 톡톡

예 바다로 흘러가서 다른 곳에서 흘러온 물과 만날 것입니다.

3주 77쪽

1 기체　**2** ②　**3** 예 기차 → 차표 → 표범 → 범인 → 인물

2 얼음이 녹아 물이 되는 것은 고체에서 액체로 변하는 현상이므로 '증발'이 아닙니다.
3 끝말잇기는 한 사람이 한 낱말을 말하면 다음 사람이 그 말의 끝음절을 첫음절로 하는 낱말을 불러 이어 갑니다.

3주 79쪽

1 ④　**2** (1) ㄴ　(2) ㄱ　**3** 예 공기는 연기입니다. 왜냐하면 일정한 모양도 없이 자유롭게 돌아다니기 때문입니다.

3 공기의 특징을 재미있고 적절하게 사물이나 사람에 빗대어 표현해 봅니다.

3주 81쪽

1 ④　**2** ①, ④　**3** 예 (1) 솜사탕구름　(2) 솜사탕처럼 부드럽고 달콤한 구름 같아서 솜사탕구름이라고 이름을 붙였습니다.

1 구름은 모양과 색깔, 크기가 다양합니다.
3 구름 모양을 자세히 살펴보고 그에 어울리는 이름을 재미있게 지어 봅니다.

정답 및 해설

3주 83쪽

1 ④   2 ①   3 예 중심 내용: 학용품에는 여러 종류가 있습니다. / 세부 내용: 공책은 글씨를 쓸 때 사용하는 학용품입니다. 공책에 글씨를 쓰는 도구는 연필이며, 연필로 쓴 글씨를 지우는 것은 지우개입니다.

3 중심 내용은 글의 핵심이 되는 내용입니다. 세부 내용은 중심 내용을 자세히 설명하는 내용입니다.

3주 85쪽

1 ①   2 (1) ㄱ, ㄴ, ㄹ   (2) ㄷ, ㅁ   3 예 함박눈은 눈송이가 크며 물기를 많이 가지고 있지만, 싸락눈은 눈송이가 쌀알처럼 작고 물기가 적습니다.

2 날씨의 '눈'은 길게 발음하고 신체의 '눈'은 짧게 발음합니다.

3 함박눈과 싸락눈의 다른 점이 잘 드러나게 한 문장으로 씁니다.

3주 87쪽

1 번개, 천둥   2 ③   3 예 경찰 아저씨는 소매치기를 잡으려고 번개처럼 뛰어갔습니다.

3 동작이 빨라야 하는 상황을 생각해 봅니다.

3주 89쪽

1 ①   2 민물   3 예 저는 양치를 하거나 씻을 때 물을 사용합니다. / 저는 목이 마를 때 물을 마십니다.

3 내가 언제 물을 사용하는지 다양하게 생각해 봅니다.

3주 91쪽

1 (1) 높은   (2) 계속   (3) 빨았습니다   2 (1) ㄴ (2) ㄷ   (3) ㄱ   3 예 (1) 김치냉장고: 실내에서 김치를 편하게 꺼내 먹을 수 있습니다. 음식 냄새가 밖으로 새어 나오지 않습니다.   (2) 믹서: 기계의 단추만 누르면 기계가 알아서 곡식이나 과일을 갈아 줍니다. 알갱이의 크기가 조금 큰 것도 갈 수 있습니다.

3 우리 조상들이 쓰던 물건에는 지혜와 슬기가 담겨 있습니다. 옛날 물건의 좋은 점과 오늘날 물건의 좋은 점을 생각해 봅니다.

3주 93쪽

1 ④   2 ④   3 예 강의 중류: 상류에서 깎인 돌과 흙이 물을 타고 이동하는 활동이 활발합니다. / 강의 하류: 물의 흐름이 느리며 운반된 흙과 돌이 쌓입니다.

2 땅의 기울기가 큰 강의 상류일수록 바위, 돌, 흙 등이 많이 깎입니다.

3 물의 흐름이 강의 상류, 중류, 하류에서 어떻게 다른지 그에 따른 특징을 씁니다.

3주 95쪽

1 ①   2 ③   3 예 바닷가에서는 파도가 밀려왔다 밀려갑니다.

1 '핑글핑글'은 큰 것이 잇따라 미끄럽게 도는 모양입니다.

2 일정한 방향과 속도로 이동하는 바닷물의 흐름은 '해류'입니다.

3 바닷가에 펼쳐져 있는 모래사장과 파도의 모습을 문장으로 표현해 봅니다.

1 수증기, 구름, 비, 눈, 강물, 수증기   2 ①   3
예 나무: 봄에 싹이 나고, 여름에 꽃이 피고, 가을
에 낙엽이 지고, 겨울을 견디면 또 봄에 싹이 나
는 모습이 반복됩니다.

2 '순환'은 주기적으로 자꾸 되풀이하여 도는 과
정을 말합니다. 따라서 물의 순환으로 바닷물
과 강물의 양이 줄어들지는 않습니다.

3 우리 주위에서 계속 반복되는 일이 무엇인지
관심 있게 살펴봅니다.

1 ③   2 (1) 바닷물   (2) 민물   3 예 세수나 목욕
을 할 때에는 물을 받아서 사용합니다.

3 내가 학교와 집에서 물을 아껴 쓰기 위해 할 수
있는 일들이 무엇인지 생각해 봅니다.

1 (3) → (2) → (5) → (4)   2 ㉠ 액체   ㉡ 증발   3
②   4 예 혜성아, 안녕. 나 가을이야. 며칠 전에
수돗가에서 양치를 하는 너를 보았어. 그런데 너
는 이를 닦는 동안 수도꼭지를 계속 틀어 놓고 있
더라. 이를 닦을 때는 수도꼭지를 잠그고, 입안을
헹굴 때는 컵에 물을 받아서 하면 물을 많이 아
낄 수 있어. 우리는 마음껏 물을 쓰고 있지만 아
프리카에 사는 사람들은 물이 부족해서 무척 힘
들대. 우리가 물을 아껴 쓰지 않으면 우리도 언젠
가는 아프리카처럼 물이 부족할지 몰라. 그러니
까 지금부터라도 물을 아껴 쓰면 좋겠어. 나도 물
을 아껴 쓸 테니 우리 꼭꼭 약속하자.

1 물은 끊임없이 상태 변화를 하면서 순환을 합
니다.

3 증발은 바람이 강하게 불고, 기온이 높은 날일
수록 잘 일어납니다.

4 자신의 의견이 드러나는 글을 쓸 때에는 의견
을 뒷받침하는 사실이나 까닭을 함께 쓰면 좋
습니다. 물을 아껴 써야 하는 까닭을 생각해 봅
니다.

✏️예 (1) 수증기를 이용한 청소기로 바닥을 깨끗
하게 닦고 세균을 없앱니다.   (2) 물을 이용해 음
식이나 밥을 하고 빨래를 합니다.   (3) 얼음을 음
료수에 넣어 시원하게 마십니다.

● 물이 우리 주변에서 어떻게 사용되고 있는지
관찰해 봅니다.

● 예 고마운 물에게. / 물아, 나는 햇빛초등학교
에 다니는 지오야. 나는 언제나 네가 우리 옆에
있는 줄 알았어. 그런데 우리가 물을 아껴 쓰지
않으면 물이 점점 없어질 수도 있다는 것을 책을
읽고서야 알았어. 물이 없다면 어떻게 될까? 정
말 생각하기도 싫어. 그래서 앞으로는 물을 아껴
쓰기로 했어. 나뿐만 아니라, 엄마와 아빠에게도
알려 드리고, 친구들에게도 물을 아껴 쓰자고 말
할 거야. 언제나 너와 함께 지내려고 말이야. 물
아, 앞으로도 우리 옆에 영원히 있어 줘. 사랑해.
/ 20○○년 ○월 ○일 / 지오가

● 우리에게 도움을 주는 물에게 고마운 마음을
담아 편지글을 씁니다.

정답및해설

4주 독서 감상문을 써 봐요

4주 107쪽 　　생각 톡톡

예 책의 내용을 오래 기억할 수 있습니다.

4주 109쪽

1 ①　2 예 (1) 새 왕비의 명령으로 백설 공주를 죽이려고 했지만, 죽이지 않고 놓아준 것으로 보아 못된 사람은 아닙니다.　(2) 백설 공주에게 음식도 주고 친절하게 대해 준 착한 사람들입니다.　3 해설 참조

2 마인드맵은 마음속에 지도를 그리듯이 줄거리를 이해하며 정리하는 방법입니다.

3

4주 111쪽

1 ②　2 ㉡ → ㉠ → ㉢　3 예 효녀 심청이는 앞을 보지 못하는 아버지를 위해 공양미 삼백 석을 받고 인당수에 빠졌습니다. 그러나 심청이는 용왕의 도움으로 연꽃을 타고 육지로 나온 뒤 왕비가 되었습니다. 아버지를 찾기 위한 맹인 잔치 마지막 날, 드디어 심청이는 아버지와 만나게 되었고, 그 기쁨으로 심 봉사는 눈을 번쩍 떴답니다.

1 이어질 내용을 꾸밀 때에는 이야기의 흐름을 생각하며 앞뒤 내용을 자연스럽게 이어지게 씁니다.

2 일이 일어난 차례에 따라 이야기를 간추리면 내용을 더 잘 이해할 수 있습니다.

3 내용을 자연스럽게 연결하여 줄거리를 만듭니다.

4주 113쪽

1 ②　2 ②　3 예 (1) 코끼리를 삼킨 보아뱀이 정말 있는지 궁금했다. (2) 친구나 가족에게 말을 하기 전에는 한 번 더 생각하고 말을 해야겠다.

2 글쓴이의 생각이나 느낌이 '감상'입니다. 책의 내용과 글쓴이의 감상을 구별하여 읽으면 책의 내용을 잘 이해할 수 있습니다.

3 책을 읽을 때 기억에 남는 장면이나 문장에 표시를 하고 내 생각과 느낌을 정리해 두면 독서 감상문을 쓸 때에 도움이 됩니다.

4주 115쪽

1 ③　2 예 (1) 선생님이 재미있다고 하셔서 읽게 되었습니다.　(2) 장애를 가진 사람을 보면 피하지 않고 도와주어야겠다고 느꼈습니다.　3 예 (2) 장애를 넘어선 석우와 영택이의 우정　(3) 영택이의 가방 들어 주기 임무

1 독서 감상문에 책을 읽게 된 동기와 느낀 점을 쓰는 것은 책에 대한 내 생각과 느낌을 정리하기 위함입니다.

3 어떤 방법을 기준으로 제목을 정할지 생각하면서 독서 감상문의 제목을 정합니다.

1 (1) ㉠ (2) ㉡ **2** ①, ②, ④ **3** 예 앞의 독서 감상문은 책 제목을 독서 감상문의 제목으로 정했고, 이 독서 감상문은 책을 읽고 느낀 점을 독서 감상문의 제목으로 정했습니다.

3 다른 사람이 쓴 독서 감상문을 읽으면 그 사람의 생각과 느낌을 내 생각이나 느낌과 비교해 볼 수 있습니다.

1 ④ **2** ② **3** 예 감동받은 내용: 자기의 몸에 있던 온갖 보석을 불쌍한 사람들에게 나누어 준 행복한 왕자와 곁에서 왕자를 도와준 제비의 모습에 감동받았다. / 결심: 행복한 왕자와 제비처럼 좋은 일을 많이 하고, 앞으로 엄마 말씀을 잘 들어야겠다.

2 독서 감상문의 형식을 정할 때 독서 감상문의 제목은 상관이 없습니다.

3 독서 감상문을 읽으면 독서 감상문에 정리된 내용을 통해 책의 내용을 짐작할 수 있습니다.

1 예 친구와 내 물건을 사이좋게 나누어 써야겠다. / 준치에 가시가 많다고 투정하지 않겠다. **2** ③ **3** 예 가시 없던 준치, 친구 물고기 덕분에 가시가 많아졌네. / 친구 물고기, 준치에게 가시 꽂아 주며 행복해했네.

3 인물의 마음이나 성격을 생각하며 리듬감 있는 언어로 동시를 씁니다.

1 ① **2** 해설 참조 **3** 예 이: 이순신 장군님, 장군님은 참 훌륭하세요. / 순: 순전히 나라를 위해 한평생을 살고 목숨까지 바치셨잖아요. / 산: 신라, 고구려, 백제 시대에도 위대한 장군이 있었지만, 저는 이순신 장군님이 가장 좋아요. / 장: 장군님의 준비하는 자세와 용기, 나라 사랑은 정말 훌륭하시거든요. / 군: 군인이 되고 싶은 저는 앞으로 장군님의 뒤를 이을 수 있도록 열심히 노력할게요.

1 위인전은 뛰어나고 훌륭한 사람의 업적과 삶을 적은 책입니다.

2

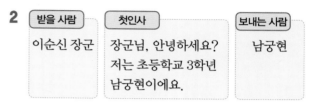

받을 사람	첫인사	보내는 사람
이순신 장군	장군님, 안녕하세요? 저는 초등학교 3학년 남궁현이에요.	남궁현

3 각 글자로 시작하는 문장을 쓰되, 내용을 억지로 짜 맞추지 말고 각 문장의 뜻이 자연스럽게 연결되도록 씁니다.

1 ③ **2** ② **3** 예 제목: 백구와 티끌이 / 오늘 "백구"라는 책을 읽었다. 덩치는 크지만 순하고 착한 백구는 내가 키우던 티끌이와 많이 닮았다. 자동차에 치여 목숨을 잃은 것까지 닮았다. 책을 읽는 내내 티끌이가 보고 싶었다. 내가 사랑했던 티끌이가 하늘 나라에서 백구와 만나 외롭지 않게 지냈으면 좋겠다.

3 편지글 형식의 독서 감상문에 담긴 내용이 일기 형식의 독서 감상문에 잘 드러나도록 씁니다.

4주 127쪽

1 ② 2 ④ 3 예 (1) 멸치 대왕의 꿈을 해몽해 줄 사람을 찾습니다! (2) 다양한 물고기들을 만날 수 있습니다. (3) 다른 사람을 배려하지 않고 자기만 생각하는 사람에게 이 책을 권하고 싶습니다.

1 광고문 형식의 독서 감상문을 쓸 때에는 책의 중심 내용과 장점을 드러내어 쓰는 것이 좋습니다.

3 광고문은 여러 사람을 설득하는 데에 목적이 있습니다. 독서 감상문을 보고 '멸치 대왕의 꿈'을 읽고 싶도록 씁니다.

4주 129쪽

1 ④ 2 ③ 3 예 (1) 만나고 싶어요 (2) 최고의 피해자, 거인을 만나다! (3) 거인을 직접 만나 보물을 잃어버렸을 때 거인이 받은 충격과 앞으로 거인이 하고 싶은 일을 묻는 인터뷰

1 독서 신문에서는 책의 내용을 알리기 위해 만화나 퀴즈, 광고, 시 등 다양한 형식을 사용합니다.

3 독서 신문의 지면 구성은 책의 내용과 관련된 독후 활동물로 다양하게 구성합니다.

4주 131쪽

1 ③ 2 ③ 3 예 우리 주변에서 흔히 볼 수 있는 것들을 보고 생각했어요. 하늘과 땅, 사람의 입 모양을 보면서 배우기 쉬운 글자를 생각해 냈어요.

2 거중기는 정조 때 정약용이 만들었습니다.

3 세종 대왕이 어떻게 한글을 만들었는지 생각해 봅니다.

4주 132~133쪽 되돌아봐요

1 ② 2 예 콩쥐 팥쥐 / 알 수 없음. / 콩쥐, 팥쥐, 새어머니, 사또 등 / 착한 일을 하면 복을 받고, 나쁜 일을 하면 벌을 받습니다. 3 예 편지글 4 예 편지는 친한 사람에게 말하는 것처럼 편하게 이야기할 수 있기 때문입니다. 5 예 (1) 그림이 예뻐서 읽게 되었습니다. (2) 콩쥐가 위험에 처할 때마다 동물이나 선녀가 나타나서 도와주는 장면이 감동적이었습니다. (3) 콩쥐처럼 착한 일을 해야겠다고 생각했습니다. 6 예 팥쥐에게 / 팥쥐야, 안녕. 나는 성유진이야. 팥쥐야, 콩쥐만 행복해지니 기분이 어떠니? 지금이라도 불쌍한 친구를 도와주고, 남의 것은 욕심내지 말고 착하게 살아. 네가 착해지길 바라며……. / 20○○년 ○월 ○일 / 유진이가

6 독서 감상문은 대체로 책을 읽게 된 동기나 까닭, 책을 읽기 전의 인상 등을 먼저 쓰고 재미있거나 감동받은 부분을 자세하게 이어 쓰면서 생각이나 느낌을 쓰는 것이 좋습니다.

4주 135쪽 궁금해요

✎ 예 아버지의 눈을 뜨게 하려고 공양미 삼백 석을 받고 인당수에 빠졌습니다.

4주 137쪽 내가 할래요

● 예 제목: 민들레꽃을 피운 강아지똥 / 돌이네 흰둥이가 골목길에 똥을 눈다. / 강아지똥은 외로이 겨울을 보내고 봄을 맞는다. / 민들레 싹이 강아지똥 보고 활짝 웃는다. / 강아지똥 민들레꽃을 피우게 한다.

● 등장인물의 마음이나 생각을 리듬감 있게 표현해 봅니다.

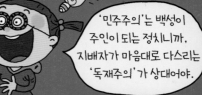

5권 구매 등록마다 선물이 팡팡!

세토 시리즈
래빗 포인트

★★ **래빗 포인트 적립하기**

🐰 **포인트 번호**

GA08-708N-H0FY-0517

 **1 래빗 포인트란?**

NE능률 세토 시리즈 교재 구매 시
혜택을 드리는 포인트 제도입니다.
1권 당 1P가 적립되며, 5P 적립마다
경품으로 교환 가능합니다.
[시리즈 3종 포함 시 추가 경품 증정]

 2 포인트 적립 방법

1   세토 시리즈 교재 구입
2   래빗 포인트 적립 페이지 접속
    [QR코드 스캔]
3   NE능률 통합회원 로그인
4   포인트 번호 16자리 입력

 3 포인트 적립 교재

- 세 마리 토끼 잡는 독서 논술
- 세 마리 토끼 잡는 초등 독해
- 세 마리 토끼 잡는 급수 한자
- 세 마리 토끼 잡는 초등 어휘
- 세 마리 토끼 잡는 역사 탐험
- 세 마리 토끼 잡는 초등 한국사

★ **포인트 유의사항** ★

- 이름, 단계가 같은 교재의 래빗 포인트는 1회만 적립 가능하며, 포인트 유효기간은 적립일로부터 1년입니다.
- 부당한 방법으로 래빗 포인트를 적립한 경우 해당 포인트의 적립을 철회하고 서비스 이용을 제한할 수 있습니다.
- 래빗 포인트에 관한 자세한 사항은 래빗 포인트 적립 페이지 맨 하단을 참고해주세요.

NE 능률